U0056999

我的第四堂
西語課

適讀程度：CEFR A2-B1之班級或自學者

游皓雲、洛飛南（Fernando López） 合著

完全從台灣學習者視角出發，
讓你讀來會心一笑的中級西語教材

恭喜你，打開這本書，表示你的西班牙語已經進修到A2-B1程度，想必已經投注了不少時間在這個語言上。

學到這邊，你應該會在一個「好像能用西語聊點東西，但總是覺得哪裡不夠」的狀態。這很正常，每個語言學習者都要經過這一段，包括十幾年前也曾摸索好一段時間的我。

這本書，就是要幫助你突破這段進入中級程度的關卡。

我一直相信，透過貼近生活經驗的話題來學語言，學起來更有融入感和記憶點。因此，《我的第Ｘ堂西語課》這整個系列的教材，都是以台灣學習者的角度出發，從我自己過去在西班牙求學的真實體驗，經過七分真實、三分改編來撰寫成課文。

《我的第四堂西語課》延續《我的第三堂西語課》的連載故事，女主角台灣小資女Alejandra正式開始在格拉納達的遊學充電生活，她在語言學校認識了來自不同國家的新朋友，一起探索城市美食、文化、觀光、購物、和寄宿家庭互動，當然也少不了感情生活。

其實Alejandra在書中的故事，就是我本人過往遊學經驗的翻版。從事語言教學將近二十年的時間，我每天都從學生的反應中觀察和思考，怎麼樣的一套教材，能讓台灣學習者最無痛地、不知不覺累積出一定的語言程度，並且最直接地學習到能夠表達生活的單字、句型。

希望你一邊讀著這個有畫面的遊學故事，一邊想像自己未來有機會到國外生活或與母語者互動，甚至期待著每一課課文的劇情發展，能夠越學越有動機。

每一位學習西語中的你，有一天都有可能成為課文中的Alejandra，飛到一個西語系國家，去體驗另一個版本的人生。這本書裡面的每一個句型，未來你都有機會派上用場。

《我的第三堂西語課》和《我的第四堂西語課》的整套故事性課文，因為包含許多我個人的真實生活經驗，只花了一星期左右就全部寫完，但是每一課後面的句型、語法練習，則扎扎實實地花了八個月左右的時間，再加上每天在我們教學的班級中使

用、修改、重複微調，才編修成為現在的版本。相信透過大量接觸這些貼近台灣生活經驗的例句，能讓你的理解降低難度、學習更加順暢。

如果你在學習中遇到任何問題，或是閱讀本套教材有任何想法，歡迎透過雲飛臉書粉絲頁，或來信到conquerlanguage@yunfei.world與我們分享。也歡迎你收聽我們兩位作者共同主持的podcast頻道：台瓜夫妻，持續培養西語耳朵。

國內目前少有一套從零起點到B1程度、針對台灣背景的西語學習者而設計的西語教材，市面上許多教材都停留在一、二冊，學習者尋找進階程度的銜接教材常遇到困難。非常感謝瑞蘭國際出版團隊，願意投入資源出版這套教材，期待「我的第X堂西語課」系列教材，能陪伴越來越多對西語有興趣的台灣朋友，從零開始無痛地進入西語世界大門。

¡Convierte aprender idiomas en tu felicidad!
讓語言學習成為你的樂趣！

游皓雲（Yolanda Yu）

游皓雲

La perseverancia es una de las claves del éxito
堅持是成功的關鍵

Estudiar un idioma nuevo siempre presenta retos, entre ellos, el aceptar comentarios de aquellos que no entenderán tu deseo de estudiar ese idioma. No pasa nada, debemos estar dispuestos a expandir nuestro círculo de amigos, hacer cosas nuevas, ir a nuevos lugares, asistir a nuevas actividades, etc.

學習一個新語言的過程中，總是伴隨著大大小小的挑戰，包括「面對那些不懂你為何要學的人」。沒有關係，這些本來就是學習的必經之路：擴大朋友圈、嘗試新的事物、去新的地方、參加新的活動……等等。

Este es nuestro cuarto libro, y si has llegado hasta aquí, es porque has tenido la perseverancia de aprender español, de conocer más sobre la cultura de diferentes países que hablan este idioma. Quiero motivarte a que sigas aprendiendo. Hay mucho más por descubrir, por eso es tan importante la perseverancia, para seguir luchando por tus metas.

這是本系列教材的第四冊，如果你已經學到這邊，代表著你堅持學習西班牙語已經有一段時間、也對西語系國家的文化有一定的了解了。我想要鼓勵你繼續學下去，因為未來還有更多等著你去探索的，繼續為你的目標堅持下去！

Continuamos con las aventuras de Alejandra, una chica taiwanesa que viaja a España para estudiar español por un mes. Una chica que soñó con mejorar su español y se embarcó en una aventura que puede cambiarle la vida.

這本書，我們繼續帶來Alejandra這位台灣女孩，到西班牙學西語一個月的探險故事。一個夢想著學好西班牙語、後來為自己帶來人生大轉變的故事。

Quizás te identifiques con algunas historias, o quizás hayas escuchado de alguien con experiencias similares. Sabes que tratamos de acercarte al idioma español por medio de historias que puedan serte familiares. A estas alturas, habrás reconocido nuestro estilo.

你可能會對故事的一些部分特別有共鳴，或是聽說過身邊的人的類似經歷。我們就是希望你可以透過熟悉、有感的故事來學習西班牙語，相信跟著我們學到這裡的你，應該看得出來我們教材的風格了！

Este libro es lo más cercano a un drama de la vida real que hayamos escrito, es una historia que da para más, para poder explorar nuevas direcciones y alternativas. Pero motivos de espacio y tiempo, eso quedará para futuros materiales.

這本書是我們寫過最接近真實生活樣貌的一本，整本書的故事線其實還可以繼續發展下去，由於篇幅和時間的考量，我們就將故事續集留給未來的教材吧！

Recuerda que un idioma es como un ser vivo, sigue creciendo con los años, cada año tiene palabras nuevas debido al avance mismo del ser humano y la interacción con otras culturas. Has llegado a este punto de tu aprendizaje, pero siempre habrá algo nuevo que aprender. Si nos lo permites, será un gusto acompañarte en ese viaje.

記得，一個語言就像一個生命，會隨著時間，透過人與人之間、文化與文化之間的互動，不斷改變，持續成長，你學到這裡，仍然永遠有新的東西可學。只要你願意，我們很榮幸陪著你繼續這段學習旅程。

Síguenos en nuestras redes sociales, podcast, blogs, FB, déjanos saber tus comentarios sobre este libro. Será un gusto saber de ti.

請在podcast、部落格、FB等社群媒體追蹤我們，留言告訴我們你對本書的看法，我們很期待能和你交流！

¡Convierte aprender idiomas en tu felicidad!

讓語言學習成為你的樂趣！

Yo soy Fernando.

我是Fernando。

《我的第四堂西語課》全書共10課，如連載小說般的課文情節，搭配大量直覺式練習，課堂、自學都好用！是對西語有基礎認識後，最好的銜接教材。

掃描音檔 QR Code

在開始使用本書之前，別忘了先找到書封上的QR Code，拿出手機掃描，就能立即下載書中所有音檔喔！（請自行使用智慧型手機，下載喜歡的QR Code掃描器，更能有效偵測書中QR Code！）

閱讀課文

Alejandra到西班牙後做了哪些活動呢？故事情節逐課推進，有短文、有對話，還有生動插圖，身歷其境！

兩欄式西語、中文對譯

可以先遮住中文部分挑戰全西義閱讀，再掀開確認不懂的地方。

二 Preguntas del texto 課文閱讀理解練習

1. ¿Cuánto tiempo llevan del curso de español? ¿Y cuánto tiempo queda?

2. ¿Cómo quieren aprovechar el tiempo que queda en Granada?

3. ¿Por qué no van a Sevilla el viernes al mediodía?

4. ¿Qué es BlaBlaCar?

5. ¿Se puede usar BlaBlaCar para viajar dentro de Madrid?

6. ¿Cómo fue la experiencia de Daniel con BlaBlaCar?

7. ¿Te interesa probar BlablaCar? ¿Por qué?

8. ¿Por qué Daniel no va a Sevilla con Alejandra y Sabrina?

9. ¿Cómo se dividen las tareas Alejandra y Sabrina para preparar el viaje a Sevilla?

10. ¿Por qué Alejandra no ha hablado con el chico?

三 Vocabulario 生詞

▶ MP3-02

（一）名詞

el sistema 系統	el coche compartido 共乘車
el conductor/ la conductora 駕駛	el pasajero/ la pasajera 乘客
el precio 價錢	

（二）形容詞

cercano/a 近的	seguro/a 安全的
simpático/a 親切的	turístico/a 觀光的
auténtico/a 道地的	fantástico/a 很棒的
limpio/a 乾淨的	moderno/a 現代化的
bonito/a 漂亮的	

（三）連接詞、介系詞或片語

entre 在兩者之間
hasta 甚至，直到
tener razón 有道理

（四）動詞

我們用了哪些 ar 動詞？

aprovechar 把握	usar 用
quedar 剩下、約在	llevar 帶、載

我們用了哪些 ir 動詞？

oír decir 聽說

四 Estructura de la oración 語法與句型

（一）剩下

quedar ＋一段時間／數量

請看課文中的例子：

Bueno, ya han pasado 2 semanas, solo nos quedan 2 semanas más.
嗯，已經過了2個星期，只剩2個星期了。

Tenemos que aprovechar el tiempo que queda para viajar más.
我們要把握剩下的時間一些多旅行。

📝 **實戰演練：請用 quedar ＋一段時間／數量來完成句子。**

1. 準備去看演唱會：
   A: ¿Qué estás haciendo?
   B: Me estoy maquillando.
   A: ¡Date prisa! _____ para el concierto.

2. 去看球賽，已經遲到了，正在買票：
   A: Dos entradas por favor.
   B: ¡Habéis llegado tarde! Solo _____.

3. 家人剛去超市回來，結果什麼都沒買：
   A: ¿A dónde has ido? ¿Al supermercado?
   B: Sí, ¿pero sabes qué? Ya no quedaba _____ en el supermercado.
   ¡Increíble!

4. 家人在開冰箱，準備做飯：
   A: ¿Tenemos verdura todavía?
   B: Sí, todavía _____.

（二）約在

quedar ＋地點／時間

請看課文中的例子：

Podemos quedar en la estación de autobús directamente.
那我們直接約在客運站吧。

quedar這個字有很多用法，本課出現兩種，quedar＋一段時間或數量表示「剩下」，quedar＋地點表示「約在某地」，quedar＋時間表示「約在某個時候」。

📝 **實戰演練：請用 quedar ＋地點／時間來完成句子。**

1. 兩個同事約週末去看電影：
   A: ¿_____?
   B: En la puerta de la estación de tren. ¿Te parece bien?
   A: Bien. ¿_____?
   B: La película empieza a las 7, ¿_____ media hora antes?
   A: Vale, no llegues tarde.

2. 某人想約一個朋友去吃飯，可是朋友想改他其他時間：
   A: ¿Vamos a cenar mañana?
   B: Perdón, mañana no voy a poder, ya he quedado con mi primo,
   ¿_____ pasado mañana?

解答別冊

為了讓讀者方便核對答案，或是查閱參考答案，特別將解答獨立成冊，對答案不用再將書本翻來翻去！

Lección 1

Un viaje a Sevilla con compañeros de clase

跟同學一起到塞維亞旅行

二、課文閱讀理解練習

1. ¿Cuánto tiempo llevan del curso de español? ¿Y cuánto tiempo queda?
   他們上西班牙語課多久了，還剩多少時間？
   Llevan 2 semanas del curso de español. Quedan 2 semanas.
   他們上西班牙語課兩星期了，還剩兩星期。

2. ¿Cómo quieren aprovechar el tiempo que queda en Granada?
   他們想要怎麼好好利用在格拉納達剩下的時間？
   Quieren aprovechar el tiempo que queda para viajar más.
   他們想要好好利用在格拉納達剩下的時間多旅行。

3. ¿Por qué no van a Sevilla el viernes al mediodía?
   他們為什麼不星期五中午就去塞維亞？
   Porque la familia anfitriona de Sabrina la va a llevar a almorzar.
   因為Sabrina的寄宿家庭要帶她去吃午飯。

4. ¿Qué es BlaBlaCar?
   BlaBlaCar是什麼？
   Es un sistema de coche compartido.
   是一個共乘汽車的系統。

5. ¿Se puede usar BlaBlaCar para viajar dentro de Madrid?
   在馬德里城市中旅行的話可以搭BlaBlaCar嗎？
   No se puede, solo se puede entre 2 ciudades diferentes.
   不行，只有在不同城市之間的移動可以。

6. ¿Cómo fue la experiencia de Daniel con BlaBlaCar?
   Daniel之前搭BlaBlaCar的經驗怎麼樣？
   Fue muy buena, lo ha usado 2 veces.
   經驗很好，他搭過兩次。

7. ¿Te interesa probar BlaBlaCar? ¿Por qué?
   你有興趣試試看BlaBlaCar嗎？為什麼？

uno **1**

清楚標示

將每課、每大題用大小標題標明出來，找尋答案一目瞭然。

貼心中譯

每句皆附中文翻譯，對答案的同時也能增進西語理解力。

如何掃描 QR Code 下載音檔

1. 以手機內建的相機或是掃描 QR Code 的 App 掃描封面的 QR Code。
2. 點選「雲端硬碟」的連結之後，進入音檔清單畫面，接著點選畫面右上角的「三個點」。
3. 點選「新增至『已加星號』專區」一欄，星星即會變成黃色或黑色，代表加入成功。
4. 開啟電腦，打開您的「雲端硬碟」網頁，點選左側欄位的「已加星號」。
5. 選擇該音檔資料夾，點滑鼠右鍵，選擇「下載」，即可將音檔存入電腦。

目次

2 | 作者序　完全從台灣學習者視角出發，讓你讀來會心一笑的中級西語教材
　　　　游皓雲（Yolanda Yu）

4 | 作者序　**La perseverancia es una de las claves del éxito**
　　　　堅持是成功的關鍵　洛飛南（Fernando López）

6 | 如何使用本書

13 | **Lección 1:** Un viaje a Sevilla con compañeros de clase
　　　　跟同學一起到賽維亞旅行

29 | **Lección 2:** Escribiendo una postal a los profesores y compañeros
　　　　de clase de español de Taiwán
　　　　寫明信片給台灣的西班牙語課老師和同學

47 | **Lección 3:** Yendo de compras a los grandes almacenes con la
　　　　señora de su familia anfitriona
　　　　跟寄宿家庭的太太（媽媽）到百貨公司購物

61 | **Lección 4:** Comprando ropa cuando hay rebajas
　　　　打折季到了，去買衣服

75 | **Lección 5:** Comprando medicina en una farmacia
　　　　去藥局買藥

89 | **Lección 6:** La última semana del curso
　　　　課程的最後一週

103 | **Lección 7:** ¿Ya hay noticias de Alejandra?
有 Alejandra 的消息了嗎？

119 | **Lección 8:** ¿Qué pasó en la cita?
約會結果如何？

133 | **Lección 9:** El último día del curso de español
西班牙語課的最後一天

147 | **Lección 10:** Un correo de Alejandra
Alejandra 的一封 email

Lección 1

Un viaje a Sevilla con compañeros de clase

跟同學一起到塞維亞旅行

本課學習目標:

1. 討論旅行計劃、約定時間

2. 訂飯店、交通票的考量

3. 未完成過去式的用法

一 Texto 課文

▶ MP3-01

Sabrina: Bueno, ya han pasado 2 semanas, solo nos quedan 2 semanas más.

嗯，已經過了兩星期了，只剩兩星期了。

Daniel: Es verdad, el tiempo pasa volando.

真的，時間過得跟飛得一樣快！（時光飛逝）

Alejandra: Tenemos que aprovechar el tiempo que queda para viajar más. ¿Habéis ido a Sevilla? He oído decir que allí hay muchos lugares bonitos para visitar.

我們要把握剩下的時間一起多旅行，你們去過塞維亞了嗎？我聽説那邊有很多漂亮的地方可以參觀。

Sabrina: No he ido, pero sí me interesa mucho ir.

我沒去過，可是我很有興趣。

Daniel: Yo ya he ido con mi familia anfitriona, me gustó mucho. ¡Tenéis que ir!

我跟我寄宿家庭去過了，我很喜歡，妳們一定要去！

Alejandra: Sabrina, ¿te gustaría ir juntas? Así podemos compartir la habitación en el hotel también.

Sabrina，妳想要一起去嗎？這樣我們也可以分攤飯店房間費用。

Sabrina: ¡Genial!

太棒了！

Alejandra: ¿Vamos el próximo viernes después de la clase?

我們下個星期五下課之後去吧？

Sabrina: Mi familia anfitriona me va a llevar a almorzar con su familia, ¿podemos salir de Granada después de las 5?

我寄宿家庭要帶我跟他們的其他家人吃午飯，我們可以五點之後從格拉納達出發嗎？

Alejandra: Vale, podemos quedar en la estación de autobús directamente.

好啊！那我們直接約在客運站見！

Daniel: ¿Por qué no vais en BlaBlaCar? Así podéis practicar más español con la gente local.

妳們為什麼不搭BlaBlaCar去呢？這樣還可以跟當地人多練一點西班牙語。

Sabrina: ¿Qué es BlaBlaCar?

BlaBlaCar是什麼？

Daniel: Es un sistema de coche compartido. Es como Uber, pero entre ciudades diferentes. Podéis entrar a la página web a ver si hay gente que va a viajar a Sevilla el viernes.

是一個共乘車系統，跟Uber差不多，但是是跨縣市的。妳們可以進他們的網站看看有沒人星期五剛好要去塞維亞。

Alejandra: ¿Es seguro?

（這個）安全嗎？

Daniel: Sí, muy seguro. Yo lo he usado 2 veces. Una vez fui a Málaga, la otra vez fui a Córdoba. Tuve una conversación muy interesante con los conductores, y además, conocí a los otros pasajeros muy simpáticos. Me dieron mucha información turística, hasta me recomendaron restaurantes muy auténticos de sus ciudades. Todavía tenemos contacto por WhatsApp.

非常安全，我搭過兩次，一次去馬拉加，另一次去哥多華，跟兩個司機都聊得很開心（很有趣的對話），而且還認識其他人很好的乘客，他們給我很多觀光資訊，甚至還向我推薦他們城市很道地的餐廳，我們到現在還有在WhatsApp聯絡。

Sabrina: ¡Qué bueno! Alejandra, ¿probamos?

好棒喔！Alejandra，我們試試看吧？

Alejandra: ¿Por qué no? Vine a España para conocer de todo. Vamos a probar este sistema interesante.

為什麼不呢？我來西班牙就是什麼都要認識到的！我們來試試看這個有趣的系統。

Sabrina: Vale, entonces ¿qué te parece si tú reservas el BlaBlaCar, y yo voy a buscar un Airbnb en Sevilla?

好，這樣的話，妳覺得這樣如何？妳預約BlaBlaCar，我來找塞維亞的Airbnb。

Alejandra: ¡Fantástico! He visto que el precio está entre 20 y 30 euros por noche. También hay habitaciones más caras, y más modernas.

太棒了！我有看到一晚的價錢在20～30歐元之間，也有比較貴、比較時尚的房間。

Sabrina: Solo son 2 noches. Para mí lo más importante es estar cerca del centro, y habitaciones limpias.

才兩個晚上，對我來說最重要的是離市中心近，房間乾淨。

Alejandra: Tienes razón. Buscamos información y mañana hablamos. Daniel, ¿y tú qué vas a hacer el próximo fin de semana?

有道理，我們找資料，明天再談。Daniel，你下個週末要幹嘛呢？

Daniel: Mi novia va a venir a visitarme desde Francia. La voy a llevar a conocer Granada. De hecho, va a llegar el jueves. Si queréis, vamos a tomar algo todos juntos.

我女朋友要從法國來找我，我想帶她認識格拉納達。其實她星期四就會到了，妳們要的話，一起去喝一杯吧！

Sabrina: Claro, ¿pero ella habla español?

好啊！可是她會說西班牙語嗎？

Daniel: Sí, habla mejor que yo. Ha estudiado español por 4 años.

會啊，她說得比我還好，已經學4年了。

Alejandra: ¡Guau! Los europeos sí hablan muchos idiomas.

哇！歐洲人真的都會說好多語言！

Sabrina: Cambiando de tema. Alejandra, ¿qué ha pasado con ese chico de quien estás enamorada?

換個話題吧！Alejandra，後來妳跟那個妳喜歡的男生怎麼樣了？

Alejandra: Oh, pensaba que no recordabas eso.

喔！我以為妳不記得這件事了！

Sabrina: Lo recuerdo muy bien, no estaba tan borracha como tú. Dime, ¿habéis hablado sobre ese tema?

我記得很清楚，我那時候沒有像妳喝那麼醉！告訴我，你們談了這個話題了嗎？

Alejandra: ¡Claro que no! Cada vez que lo veo me pongo roja y prefiero ir a otro lugar.

當然沒有，我每次看到他都臉紅，然後就想逃離現場了！

Sabrina: ¡Pero si lo ves todos los días! No puedes seguir así. Además, no sabes si él siente lo mismo por ti.

可是妳每天都有見到他耶！妳不能這樣下去啦！而且，妳都不知道他對妳是不是有一樣的感覺。

Alejandra: ¿Tú crees?

妳這樣覺得嗎？

Daniel: Mira, si quieres, yo puedo hablar con él para saber qué piensa.

如果妳要的話，我來幫妳跟他談談，看他是怎麼想的！

Alejandra: Ay, no sé. ¿Y si no le gusto?

哎喲，我不知道耶，要是他不喜歡我呢？

Daniel: No pienses mucho. Al regresar a Granada, voy a hablar con él. Tú, tranquila.

妳不用想太多啦！回到格拉納達之後，我來跟他談，妳放心。

附註：BlaBlaCar官網 www.blablacar.es

可以點進去練習預約行程看看，作者Yolanda本人坐過兩次，體驗都不錯

1. ¿Cuánto tiempo llevan del curso de español? ¿Y cuánto tiempo queda?

2. ¿Cómo quieren aprovechar el tiempo que queda en Granada?

3. ¿Por qué no van a Sevilla el viernes al mediodía?

4. ¿Qué es BlaBlaCar?

5. ¿Se puede usar BlaBlaCar para viajar dentro de Madrid?

6. ¿Cómo fue la experiencia de Daniel con BlaBlaCar?

7. ¿Te interesa probar BlablaCar? ¿Por qué?

8. ¿Por qué Daniel no va a Sevilla con Alejandra y Sabrina?

9. ¿Cómo se dividen las tareas Alejandra y Sabrina para preparar el viaje a Sevilla?

10. ¿Por qué Alejandra no ha hablado con el chico?

三 Vocabulario 生詞

▶ MP3-02

（一）名詞

el sistema 系統	el coche compartido 共乘車
el conductor/ la conductora 駕駛	el pasajero/ la pasajera 乘客
el precio 價錢	

（二）形容詞

cercano/a 近的	seguro/a 安全的
simpático/a 親切的	turístico/a 觀光的
auténtico/a 道地的	fantástico/a 很棒的
limpio/a 乾淨的	moderno/a 現代化的、時尚的
bonito/a 漂亮的	

（三）連接詞、介系詞或片語

entre 在兩者之間

hasta 甚至、直到

tener razón 有道理

（四）動詞

我們用了哪些 ar 動詞？

aprovechar 把握	usar 用
quedar 剩下、約在	llevar 帶、載

我們用了哪些 ir 動詞？

oír decir 聽說

四 Estructura de la oración 語法與句型

（一）剩下

quedar ＋一段時間／數量

請看課文中的例子：

Bueno, ya han pasado 2 semanas, solo nos quedan 2 semanas más.
嗯，已經過了2個星期，只剩2個星期了。

Tenemos que aprovechar el tiempo que queda para viajar más.
我們要把握剩下的時間一起多旅行。

 實戰演練：請用 quedar ＋一段時間／數量完成句子。

1. 準備去看演唱會：

   A: ¿Qué estás haciendo?

   B: Me estoy maquillando.

   A: ¡Date prisa! _____ para el concierto.

2. 去看球賽，已經遲到了，正在買票：

   A: Dos entradas por favor.

   B: ¡Habéis llegado tarde! Solo _____?

3. 家人剛去超市回來，結果什麼都沒買：

   A: ¿A dónde has ido? ¿Al supermercado?

   B: Sí, ¿pero sabes qué? Ya no quedaba _____ en el supermercado.
      ¡Increíble!

4. 家人在開冰箱，準備做飯：

   A: ¿Tenemos verdura todavía?

   B: Sí, todavía _____.

（二）約在

> ### quedar ＋地點／時間

請看課文中的例子：

> **Podemos quedar en la estación de autobús directamente.**
> 那我們直接約在客運站見。

quedar這個字有很多用法，本課出現兩種，quedar＋一段時間或數量表示「剩下」，quedar＋地點表示「約在某地」，quedar＋時間表示「約在某個時候」。

 實戰演練：請用 quedar ＋地點／時間完成句子。

1. 兩個同事約週末去看電影：

    A: ¿＿＿＿＿＿＿＿＿＿＿＿＿＿＿＿＿＿？

    B: En la puerta de la estación de tren. ¿Te parece bien?

    A: Bien. ¿＿＿＿＿＿＿＿＿＿＿＿＿＿＿？

    B: La película empieza a las 7, ¿＿＿＿＿＿＿＿＿ media hora antes?

    A: Vale, no llegues tarde.

2. 某人想約一個朋友去吃飯，可是朋友想改約其他時間：

    A: ¿Vamos a cenar mañana?

    B: Perdón, mañana no voy a poder, ya he quedado con mi primo,

    ¿＿＿＿＿＿＿＿＿＿ pasado mañana?

（三）時光飛逝

> el tiempo pasa volando

請看課文中的例子：

Es verdad, el tiempo pasa volando.
時間過得跟飛得一樣快！（時光飛逝）

要表達「時間過得很快」，也可以說El tiempo pasa muy rápido.

pasa的原型動詞是pasar，字面上是「通過、度過」的意思，volando是volar的現在進行式（現在分詞），字面上是「飛」的意思。

兩個動詞連用，第二個動詞是現在進行式時，通常是指第一個動詞的形式或方法。例如：

- Voy caminando. 我走路去。

- Vive viajando toda la vida. 他／她一輩子過著旅行的日子。

實戰演練：請用 el tiempo pasa volando 完成對話。

1. 跟一個住在台灣的外國人聊天：

   A: ¿Cuánto tiempo llevas viviendo en Taiwán?

   B: Ya son _____ años. ¡Guau! _____.

2. 兩個同事在公司加班，不知不覺加到半夜：

   A: ¿Qué hora es?

   B: Las 11:30.

   A: ¿Cómo? ¡Tan tarde ya! _____.

3. 跟剛交新女友的朋友聊天：

   A: ¿Qué plan tienes para mañana?

   B: Voy a salir con mi novia.

   A: Casi estás todo el tiempo con ella.

   B: Es que cuando estoy con ella, _____.

4. 假期快要結束了：

    A: Ya solo _____ (quedar) 1 día de vacaciones.

    B: ¡Qué _____! El tiempo _____.

（四）甚至

> ### hasta ＋一個完整的句子

請看課文中的例子：

Me dieron mucha información turística, hasta me recomendaron restaurantes muy auténticos de sus ciudades.
他們給了我很多觀光資訊，甚至還向我推薦他們城市很道地的餐廳。

hasta後面，加上一個「超出一般狀況、原先預期」的句子。

實戰演練：請用 hasta... 完成句子。

1. Durante el viaje, conocí a una persona muy simpática, me ayudó muchísimo,

    hasta _____.

2. Cuando él canta, _____, es que canta horrible.

3. Él es muy chismoso, contó el secreto de su jefe a todo el mundo,

    _____ a los limpiadores.

4. Fui a todas las ciudades de España, hasta _____.

（五）最重要的是

> lo más importante es...

請看課文中的例子：

Para mí lo más importante es estar cerca del centro, y habitaciones limpias.
對我來說最重要的是離市中心近，房間乾淨。

lo代替的是前面對話出現過的某件事，抽象事件沒有性別之分，大多用陽性代表。

 實戰演練：請用 lo más importante 完成句子或對話。

1. Para buscar un hotel cuando viajo, lo más importante es _____.

2. A: ¿Para ti qué es lo más importante cuando eliges trabajo?

   B: Lo más importante es _____.

3. A: Al viajar a otro país, ¿qué es lo más importante que debes llevar?

   B: _____.

4. A: ¿Qué es lo más importante que buscas en una pareja?

   B: _____.

（六）未完成過去式（Pretérito Imperfecto）

請看課文中的例子：

Oh, pensaba que no recordabas eso.
喔，我以為你不記得這件事了！

Lo recuerdo muy bien, no estaba tan borracha como tú. Dime, ¿han hablado sobre ese tema?
我記得很清楚，我那時候沒有像你喝那麼醉！告訴我，你們談了這個話題了嗎？

「未完成過去式」的用法，跟「未完成」這三個字完全沒有關係，這只是一個文法名稱，大可以直接忽略，我們只要弄清楚這個時態是什麼時候用就可以了。

這個時態的用法主要有以下三種：

1. 過去長時間持續做的某事，或是習慣、狀態

例如：

- Cuando era estudiante, no me gustaba estudiar, solo me gustaba salir.

  我是學生的時候，不喜歡讀書，只喜歡出去玩。（長時間狀態）

  （三件事的時間重疊）

- Cuando trabajaba en Taipei, no tenía coche, iba al trabajo en metro.

  我在台北工作的時候，沒有車，都是搭捷運去上班。（長時間狀態）

  （三件事的時間重疊）

- Cuando tenía 18 años, conocí a mi primer novio.

  我18歲的時候（長時間狀態），認識了第一個男朋友。

  （「認識」只有指那個當下，一個短暫的動作，所以要用簡單過去式）。

2. 過去的頻率

（過去常做、有時候做、偶爾做的事都算，下面例句中畫底線的部分即為「頻率」）

例如：

- Viajaba al extranjero 3 veces al año, pero este año no se puede.
  我以前1年出國旅行3次，可是今年無法。

- Veía una película a la semana, ahora con mi nuevo trabajo, es casi imposible.
  我以前1週看1部電影，現在在我的新的工作，幾乎不可能。

- Hacía deporte una vez a la semana, ahora hago deporte 3 veces a la semana.
  我以前1週運動1次，現在我1週運動3次。

3. 針對過去的「靜態描述」

（20年前的台北）　　　　（現在的台北）

例如：

- En Taipei, no había metro hace 20 años, ahora sí hay muchas líneas.
  20年以前台北沒有捷運，現在有很多條路線了。

- En Taipei, no había muchos edificios altos hace 20 años, ahora sí hay muchos.
  20年以前台北沒有很多高樓，現在有很多了。

- En Taipei, los jóvenes podían comprar apartamentos, ahora muy pocos jóvenes pueden.

  20年以前，在台北的年輕人能買（得起）房子，現在很少年輕人能買（得起）。

未完成過去式規則動詞變化

這個時態的動詞變化，跟之前學的「簡單過去式」比起來，非常非常地單純，er和ir結尾的動詞，變化完全一樣，而且全部動詞當中「不規則」的，就只有ser, ir, ver這三個，以下列表說明：

	AR	ER	IR
	empezar（開始）	aprender（學習）	decidir（決定）
Yo	empez<u>aba</u>	aprend<u>ía</u>	decid<u>ía</u>
Tú	empez<u>abas</u>	aprend<u>ías</u>	decid<u>ías</u>
Él / Ella / Usted	empez<u>aba</u>	aprend<u>ía</u>	decid<u>ía</u>
Nosotros / Nosotras	empez<u>ábamos</u>	aprend<u>íamos</u>	decid<u>íamos</u>
Vosotros / Vosotras	empez<u>abais</u>	aprend<u>íais</u>	decid<u>íais</u>
Ellos / Ellas / Ustedes	empez<u>aban</u>	aprend<u>ían</u>	decid<u>ían</u>

未完成過去式的不規則動詞（只有 3 個）

	ser（是）	ver（看）	ir（去）
Yo	er<u>a</u>	ve<u>ía</u>	ib<u>a</u>
Tú	er<u>as</u>	ve<u>ías</u>	ib<u>as</u>
Él / Ella / Usted	er<u>a</u>	ve<u>ía</u>	ib<u>a</u>
Nosotros / Nosotras	ér<u>amos</u>	ve<u>íamos</u>	íb<u>amos</u>
Vosotros / Vosotras	er<u>ais</u>	ve<u>íais</u>	íb<u>ais</u>
Ellos / Ellas / Ustedes	er<u>an</u>	ve<u>ían</u>	ib<u>an</u>

更多未完成過去式用法的説明，
請掃描這個QR Code看教學影片

實戰演練 1：請用未完成過去式回答以下問題。

1. ¿Cuál era tu juguete favorito cuando eras pequeño/a? ¿Y ahora?

   Cuando era pequeño/a, mi juguete favorito era _____. Ahora mi

   juguete favorito es _____.

2. ¿Qué te gustaba hacer después de las clases cuando eras estudiante? ¿Y ahora?

   Cuando era estudiante, me gustaba _____ después de

   las clases. Ahora me gusta _____.

3. ¿Qué tipo de chico/chica te gustaba cuando eras estudiante? ¿Y ahora?

   _____

   _____

4. ¿Tenías novio/novia cuando estudiabas en la universidad? ¿Y ahora?

   _____

   _____

5. Antes de empezar a estudiar español, ¿escuchabas música en español? ¿Y ahora?

   _____

   _____

 實戰演練 2：請找出你 10 年前的一張照片，和現在的照片比較，
寫出 5 個不同的地方。10 年前的照片用未完成過去式
描述，現在的照片用現在式描述。

1. _____

2. _____

3. _____

4. _____

5. _____

Lección 2

Escribiendo una postal a los profesores y compañeros de clase de español de Taiwán

寫明信片給台灣的西班牙語課老師和同學

本課學習目標：

1. 寫明信片的格式及常用句

2. 描述一個城市的句型

3. 現在虛擬式的用法

Profesor: Hoy vamos a practicar cómo escribir una postal en español, y todos vais a escribir una a vuestros compañeros de clase de español en vuestros países.

我們今天要練習如何用西班牙語寫明信片，你們每個人都要用西班牙語寫一張明信片給在你們國家的西班牙語班的同學。

Alejandra: ¡Qué interesante!

真有趣！

Sabrina: Sí, ya sabemos a quién quieres escribir, jejeje.

對啦，我們都知道妳是要寫給誰，嘿嘿嘿！

Alejandra: Cállate, estamos en clase.

閉嘴啦！我們在上課耶！

Sabrina: Son bromas.

開玩笑的啦！

Profesor: Mirad, este es un ejemplo de cómo escribir una postal. Una estudiante de Taiwán que estudió aquí hace unos meses la escribió.

大家看，這邊是一個如何寫西班牙語明信片的例子，一個幾個月之前在這邊念書的台灣學生寫的。

Queridos profesores:

Ya llevo 2 semanas estudiando en Granada. Granada es una ciudad pequeña, pero llena de sorpresas.

Aquí hay de todo. Estamos a una hora de la Sierra Nevada para esquiar, a una hora de la playa para tomar el sol. Y la Alhambra, ya saben, es algo que no se pueden perder si un día visitan esta ciudad.

Esta foto es de la zona Albayzín, una montaña llena de casitas blancas. Me encanta subir hasta arriba a disfrutar la vista de la Alhambra.

Hoy en la clase, nos han enseñado cómo escribir una postal. De hecho, esta postal es mi tarea. ¿Creen que mi español ha mejorado? ¿Qué tal las clases en Taiwán? ¿Mis compañeros siguen estudiando?

Un saludo para todos. Les echo de menos.
Angela Chen, 5 de enero de 2022.

Granada

Para:

Calle Ci Yun, número 118, piso 14.

Ciudad Hsinchu, Taiwán.

Escuela de idiomas y cultura, YunFei

Yolanda y Fernando

親愛的老師們：

我已經在格拉納達念書兩個星期了，格拉納達是一個小地方，不過充滿驚喜！

這裡什麼都有，我們到內華達山脈去滑雪只要一個小時，到海邊做日光浴也只要一個小時。還有阿爾罕布拉宮，您們知道的，來這個城市絕對不能錯過的！

這張照片是阿爾拜辛區，一個充滿白色房子的山城，我超喜歡爬到這上面來享受阿爾罕布拉宮的景觀！

今天在課堂上，老師（們）教我們用西班牙語寫明信片，其實這張明信片就是我的作業，您們覺得我的西班牙語進步了嗎？

那邊的西班牙語課現在怎麼樣？我的同學們都還在上課嗎？

跟大家打個招呼，我想念你們！

Angela陳，2022年1月5日

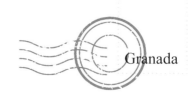

Granada

收件人：

台灣新竹市慈雲路118號14樓之6

雲飛語言文化中心

Yolanda 和 Fernando收

Profesor: Ya veis. Para empezar la postal, si es amigo o gente con confianza, podéis escribir "Querido/Querida", si es para gente con respeto, en una forma más formal, podéis escribir "Estimado/Estimada".

你們看到了，明信片的開頭，如果是朋友或是互相信任的熟人，可以用「Querido/Querida」（親愛的）開頭，如果是比較尊敬的人，就要比較正式一點，可以寫「Estimado/Estimada」（敬愛的）。

Daniel: ¿Y para terminar? ¿Qué frases podemos usar?

那結尾呢？可以用什麼句子？

Profesor: Lo más común es terminar con "Un saludo", "Un abrazo", o "Un beso".

最普遍的是「Un saludo」（打招呼、問候）、「Un abrazo」（一個擁抱），或「Un beso」（一個吻）。

Alejandra: ¿Un beso? Esto en chino es imposible, jaja.

一個吻？這在中文完全不可能，哈哈哈！

Sabrina: ¿Y qué escribís en chino para terminar una postal?

你們中文明信片結尾寫什麼呢？

Alejandra: Algo como "¡Que te vaya bien!", "¡Que tengas buena salud!".

差不多像是「祝你順利」、「身體健康」那一類的。

Daniel: Entonces, si te escribo una postal después, ¿no te puedo escribir "Un beso"?

所以，我以後寫明信片給妳的話，不能寫「un beso」（一個吻）給妳嗎？

Alejandra: Jaja, ahora ya sé que es una cultura diferente. No hay problema si me lo escribes, pero no te lo voy a escribir nunca, es que me voy a sentir muy rara.

哈哈，我現在已經知道這是不同的文化啦，你寫給我的話沒問題，可是我沒辦法這樣寫給你，因為我覺得太奇怪了！

Profesor: Pero los españoles expresamos bastante los sentimientos. Hasta podemos escribir "Un fuerte abrazo" o "Muchos besos".

可是我們西班牙人都是很會表達感情的喔！我們甚至可以寫「un fuerte abrazo」（一個深深的擁抱）或「muchos besos」（很多很多的吻）。

Sabrina: ¿Y para vuestros clientes, o en ocasiones formales?

那寫給你們的客戶，或更正式的狀況呢？

Profesor: En ese caso, es más adecuado escribir "Atentamente" o "Sinceramente".

這樣的話，「Atentamente」（用心地）或「sinceramente」（真誠地）這種字比較適合。

(Hablando en voz baja)

（學生們在下面小聲說話）

Sabrina: Alejandra, si escribes una postal a "ya sabes quién", ¿vas a escribir "querido", "un beso" o "muchos besos"? Jejejeje.

Alejandra，如果妳寫明信片給「那個妳知道我在講的誰」，妳會寫「親愛的」、「一個吻」還是「很多個吻」？嘿嘿嘿嘿！

Daniel: Es verdad, ¿qué vas a escribir? Jajaja.

對耶，你會寫什麼呢？哈哈哈！

Sabrina: Esta vez, no son bromas. ¿Vas a escribirle una postal?

Alejandra: No lo sé. No lo he pensado.

Profesor: ¿De qué estáis hablando?

Alejandra: Nada, no estamos hablando de nada. Perdón.

這次不是開玩笑的囉！妳要寫張明信片給他嗎？

我不知道耶！我還沒想過。

你們在講什麼啊？

沒有啦！沒有在講什麼啦！不好意思！

二 **Preguntas del texto** 課文閱讀理解練習

1. ¿Qué actividad van a hacer en clase?

2. ¿Quién y cuándo escribió la postal del ejemplo?

3. ¿De dónde es la foto de la postal?

4. Según la postal, ¿cómo es la ciudad de Granada?

5. ¿Escribes postales cuando viajas normalmente? ¿A quién?

6. ¿Cómo se empieza a escribir una postal en español?

7. ¿Cómo se termina una postal en español?

8. ¿Cómo se empieza y se termina una postal en tu país?

9. ¿Qué saludos conoces de otras culturas?

10. ¿Qué le recomiendas escribir a Alejandra?

三 Vocabulario 生詞

（一）名詞

▶ MP3-04

la postal 明信片	el ejemplo 例子	la sorpresa 驚喜
la vista 景觀	la confianza 信任	el respeto 尊敬
la frase 句子	el saludo 問候	el abrazo 擁抱
el beso 吻	la salud 健康	la cultura 文化
el sentimiento 感受	el cliente/ la clienta 客戶	la ocasión 狀況、場合
el caso 事件、案子		

（二）形容詞

querido/a 親愛的	estimado/a 敬愛的	común 普遍的
imposible 不可能的	raro/a 奇怪的	fuerte 強壯的、強力的
formal 正式的	adecuado/a 適合的	cordial 真切的、誠摯的

（三）副詞

tan 那麼、這麼	bastante 相當地	sinceramente 誠懇地
atentamente 用心地		

（四）動詞

我們用了哪些 ar 動詞？

esquiar 滑雪	llenar 充滿	mejorar 改進、進步
enseñar 教	expresar 表達	disfrutar 享受
echar de menos 想念		

我們用了哪些 ir 動詞？

subir 爬上去、上升	seguir 跟隨

我們用了哪些反身動詞？

callarse 閉嘴   sentirse 感覺、覺得

perderse 失去、錯過

四 Estructura de la oración 語法與句型

（一）充滿……

有兩種說法：

> 1. 某物＋ está lleno/a de　某物充滿了……

> 2. Es ＋某物＋ lleno/a de　這是一個充滿了……的……

請看課文中的例子：

Granada es una ciudad pequeña, pero llena de sorpresas.
格拉納達是一個小城市，可是充滿驚喜。

Esta foto es de la zona Albayzín, una montaña llena de casitas blancas.
這張照片是阿爾拜辛區，一個充滿白色房子的山城。

 實戰演練：請用 estar lleno/a de 或 lleno/a de 完成對話。

1. 聊手機裡的照片：

   A: Mi teléfono está lleno de fotos de mis mascotas. ¿Y el tuyo?

   B: _____.

2. 聊城市環境：

   A: En España, muchas ciudades están llenas de bares y cafeterías, ¿y en tu ciudad?

   B: _____.

3. 決定去哪裡吃飯：

   A: ¿A dónde vamos a comer?

   B: Conozco una calle que está llena de _____, podemos ir allí.

4. 討論週末計畫：

   A: Es verano. ¿Vamos a la playa el fin de semana?

   B: No, en verano la playa está llena de _____.

   Prefiero quedarme en casa.

5. 詢問盒子裡的東西：

    A: ¿Qué tienes en esa caja?

    B: Cuando viajo, escribo una postal para mí mismo. Está llena de _____

       de los lugares que he visitado.

（二）什麼都有

Hay de todo.

    請看課文中的例子：

Aquí hay de todo. Estamos a una hora de la Sierra Nevada para esquiar, a una hora de la playa para tomar el sol.
這裡什麼都有，我們到內華達山脈滑雪只要一小時，到海邊做日光浴也只要一小時。

 實戰演練：請用 hay... 完成對話。

1. A: ¿Por qué te gusta ir a ese centro comercial?

    B: Porque allí hay de todo. Hay _____, _____,

    _____, y _____, de todo.

2. A: Esta ciudad es pequeña, pero hay de todo.

    B: Es verdad, hay _____, _____, _____,

    y _____, de todo.

3. A: ¿Hay clases de niños en tu escuela de español?

    B: Sí, hay _____, _____, _____,

    y _____, de todo.

4. A: ¿Hay algo de comer en casa?

    B: Sí, en la nevera hay _____, _____,

    _____, y _____, de todo.

（三）不能錯過

> No se puede perder

請看課文中的例子：

Y La Alhambra, ya saben, es algo que no se pueden perder si un día visitan esta ciudad.
還有阿爾汗布拉宮，您們知道的，來這個城市絕對不能錯過的！

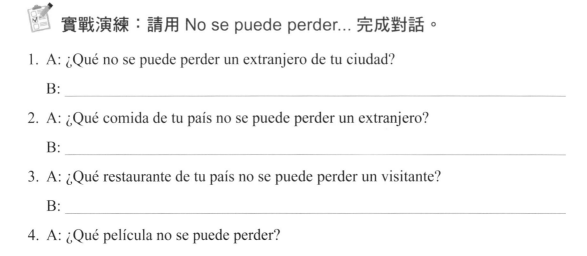 **實戰演練：請用 No se puede perder... 完成對話。**

1. A: ¿Qué no se puede perder un extranjero de tu ciudad?

   B: _____

2. A: ¿Qué comida de tu país no se puede perder un extranjero?

   B: _____

3. A: ¿Qué restaurante de tu país no se puede perder un visitante?

   B: _____

4. A: ¿Qué película no se puede perder?

   B: _____

（四）想念

> echar de menos

請看課文中的例子：

Os echo de menos.
我想念你們。

動詞是「echar」這個字，echar字面意義是「丟掉」，echar de menos 3個字組在一起變成「想念」，建議就不要每個單字分別記憶了，直接記整個片語的意思吧！

- Te echo de menos. 我想念你。

- Lo echo de menos. 我想念他。

- La echo de menos. 我想念她。

- Os echo de menos. 我想念你們。

- Los echo de menos. 我想念他們／您們。

- Las echo de menos. 我想念她們／您們。

- ¿Me echas de menos? 你想念我嗎？

 實戰演練：請用 echar de menos 回答問題。

1. A: ¿Qué echas de menos de Taiwán cuando viajas a otro país?

   B: _____

2. A: ¿A quién echas de menos cuando viajas solo/sola a otro país?

   B: _____

3. A: ¿Qué echas de menos sobre tu infancia（孩童時期）?

   B: _____

4. A: ¿Qué echas de menos sobre tu adolescencia（青少年時期）?

   B: _____

（五）繼續、跟隨

seguir ＋ gerundio

請看課文中的例子：

¿Mis compañeros siguen estudiando?
我的同學們都還在學（西班牙語）嗎？

「seguir」這個字按照人稱做動詞變化，後面加上用「gerundio」現在分詞（現在進行式）這個形態的動詞，表示「繼續做某事／一直做某事」，以下將seguir這個動詞的六個人稱變化列表整理：

	seguir（繼續、跟隨）
Yo	sigo
Tú	sigues
Él / Ella / Usted	sigue
Nosotros / Nosotras	seguimos
Vosotros / Vosotras	seguís
Ellos / Ellas / Ustedes	siguen

實戰演練：請用 seguir ＋現在分詞（現在進行式）完成對話。

1. 想像五年後在路上碰到西班牙語班的同學：

   A: ¿Sigues estudiando español?

   B: Sí, _____.

2. 想像三年後在同學會的對話：

   A: ¿Dónde trabajas?

   B: _____ en la misma empresa.

3. 跟老同學聊起以前的八卦：

   A: En la universidad salías con Sabrina. ¿Verdad?（salir con＋某人＝跟某人約會）

   B: Sí, todavía _____ con ella, me quiero casar con ella.

4. 問同事手上那本書看完了沒：

   A: ¿Ya terminaste de leer el libro?

   B: No, todavía no lo he terminado de leer, _____.

5. 想像在網路上碰到以前在國外認識的朋友：

   A: ¿_____ en la misma ciudad?

   B: No, me mudé el año pasado.

（六）祝福別人：現在虛擬式（Presente de Subjuntivo）

「虛擬式」這三個字，從中文翻譯完全看不出意義，而這個時態的用法，跟「虛擬」兩個字的字面意義也沒有關係，所以我們就把它當作一個純粹的翻譯名詞就好，重點是要學這個時態的用法。

本課先介紹第一種最常見的用法：祝福別人。標準句式是「Que」後面直接加虛擬式動詞，就可以表達出「祝福」的意思。

本課出現過的虛擬式例句：

Que te vaya bien.
祝你一切順利。（原型動詞ir）
Que tengas buena salud.
祝你身體健康。（原型動詞tener）

看到這邊，通常台灣學生會有的一個想法是：「那我就用que＋現在式動詞」來講難道不行嗎？

如果講「Que te va bien.」（祝你一切順利。）來祝福對方，對方是不會感受到這個是在「祝福」他的，如果要表達的話有祝福含義，就是要用虛擬式就對了。

以下先列出現在虛擬式規則動詞的變化：

	AR	ER	IR
	ganar（賺）	aprender（學習）	escribir（寫）
Yo	gane	aprenda	escriba
Tú	ganes	aprendas	escribas
Él / Ella / Usted	gane	aprenda	escriba
Nosotros / Nosotras	ganemos	aprendamos	escribamos
Vosotros / Vosotras	ganéis	aprendáis	escribáis
Ellos / Ellas / Ustedes	ganen	aprendan	escriban

本課課文出現的兩個虛擬式句子Que te vaya bien.（原型動詞ir）和Que tengas buena salud.（原型動詞tener）剛好在虛擬式都是不規則的，以下列出虛擬式常見不規則的變化：

	tener（有）	ser（是）	ir（去）
Yo	tenga	sea	vaya
Tú	tengas	seas	vayas
Él / Ella / Usted	tenga	sea	vaya
Nosotros / Nosotras	tengamos	seamos	vayamos
Vosotros / Vosotras	tengáis	seáis	vayáis
Ellos / Ellas / Ustedes	tengan	sean	vayan

實戰演練 1：請將提示的動詞改為「虛擬式」完成對話。

1. 朋友説要去旅行了：

    A: Mañana voy de viaje a España.

    B: _____. （divertirse 使好玩、愉快）

2. 電話結束之前跟對方道晚安：

    A: Buenas noches. ¡Hasta mañana!

    B: Buenas noches. _____. （descansar 休息）

3. 跟朋友説自己要去跟女友家人見面：

    A: El sábado voy a conocer a los padres de mi novia.

    B: _____. （tener suerte 有好運）

4. 在你朋友的婚禮：

    A: Gracias por venir.

    B: _____. （ser felices 幸福快樂）

5. 朋友生病：

    A: _____. （mejorarse pronto 早日康復）

    B: Gracias.

實戰演練 2：請看以下照片的情境，想像照片中的人是你的朋友，用 Que ＋「虛擬式」給他一句祝福的話！

(1)　　　　　　　　　(2)　　　　　　　　　(3)

(4)　　　　　　　　　(5)

1. _____

2. _____

3. _____

4. _____

5. _____

更多虛擬式用法的說明，請掃描
這個QR Code看教學影片

memo

Lección 3

Yendo de compras a los grandes almacenes con la señora de su familia anfitriona

跟寄宿家庭的太太（媽媽）到百貨公司購物

本課學習目標：

1. 現在式、現在完成式、簡單過去式搭配混用

2. 討論心事、感情狀況

3. 用虛擬式和陳述式表達不同的可能性

▶ MP3-05

Ya es la tercera semana que Alejandra está estudiando en Granada. Cada día conoce un poco más la cultura de España y se acostumbra más a la vida de allí. Este día, está haciendo compras con la madre de su familia anfitriona en los grandes almacenes "El Corte Inglés".

已經是Alejandra在格拉納達讀書的第三週了，她每天都更認識西班牙的文化，也更習慣那邊的生活，這一天，她跟她寄宿家庭的媽媽一起到「英國宮」百貨公司來買東西。

Ángela: Alejandra, ¿cómo te va en tus clases de español?

Alejandra，妳的西班牙語課怎麼樣？

Alejandra: Me encantan. He aprendido bastante.

我很喜歡啊！我學到很多！

Ángela: Mira, te pregunté si venías conmigo porque hay algo que quiero preguntarte.

那個……我叫你跟我一起來（買東西）因為我有事情要問妳。

Alejandra: Dígame.

請說。

Ángela: Estos días te he visto un poco diferente. Pareces un poco distraída.

Alejandra: Pero señora, ¿qué me dice usted?

Ángela: ¡Anda! Sabía que hay algo. ¿Es por un chico?

Alejandra: *(Con la cara roja)* ¿Quién le ha dicho?

Ángela: ¡Soy mujer y además tengo una hija! Nadie me ha dicho nada. Reconozco a una chica enamorada fácilmente.

Alejandra: Sí,... es por un chico...

Ángela: ¡Jo! Lo sabía. Pero,... ¿qué pasa? No te veo muy contenta.

Alejandra: Es que... ya solo queda esta y la próxima semana para que termine el curso. No sé qué va a pasar después...

Ángela: ¿Y él qué opina?

Alejandra: Es que no somos nada. Ni siquiera sé si él sabe lo que siento.

Ángela: Entonces, ¿vas a hablar con él?

Alejandra: No sé, quiero saber lo que siente él pero no me atrevo a preguntarle.

Ángela: No tienes nada que perder. Te recomiendo preguntarle, si no, te vas a arrepentir.

Alejandra: Es verdad...

這幾天我感覺妳不太一樣，好像有點心神不寧的樣子。

太太，您在説什麼呀！

哎喲！我就知道有事！是男人（的關係）吼？

（臉紅了）誰跟您説的？

我是女人啊！而且我有個女兒耶！沒人跟我説任何事，不過女孩子談戀愛的話我是很容易就發現的。

喔……對啦……是因為一個男人……

吼，我就知道，可是……怎麼了？我看妳不是很開心。

是因為……只剩這個星期和下個星期課程就結束了，不知道之後會怎麼樣……

他覺得怎麼樣呢？

是因為我們什麼都沒發生啦！我甚至不知道「他知不知道我對他有感覺」。

所以呢？妳會去找他聊聊嗎？

不知道耶，我想知道他的感覺，可是不敢問。

反正妳沒有什麼好損失的，我建議妳去問他啦！不然的話，妳會後悔喔！

真的……

3

Ángela: Bueno, bueno. Vamos a comprar algunas cosas. Quizás encontremos algo para este chico. Ahora quiero comprar un vestido para salir a cenar el sábado con José.

Alejandra: ¡Guau! Ustedes los españoles siempre se visten bien cuando salen.

Ángela: Nos gusta ir siempre guapos. Vamos y compras algo para ti, hoy hay ofertas.

Alejandra: Sí, comprar siempre me relaja, jajaja. Además, así puedo practicar mi español.

好了好了，我們買一些東西吧！或許會找到可以買給這個男生的東西喔！我現在要買一件星期六跟José出去時可以穿的洋裝。

哇！您們西班牙人出去真的都穿得很好耶！

我們總是喜歡穿得好看啊！走吧，我們去買點東西給妳，今天都有特價！

好，買東西會讓我很放鬆（紓壓）哈哈哈，而且，還可以練習西班牙語。

二 Preguntas del texto 課文閱讀理解練習

1. ¿En dónde están Ángela y Alejandra?

2. ¿Por qué Ángela quiso salir con Alejandra?

3. ¿Por qué Ángela quiere hablar con Alejandra?

4. ¿Cuánto tiempo queda del curso de español?

5. ¿Por qué Alejandra está preocupada?

6. ¿Por qué Ángela ha reconocido que Alejandra estaba enamorada?

7. ¿Tú crees que Alejandra va a hablar con este chico? ¿Por qué?

8. A Alejandra le relaja comprar. ¿Qué te relaja a ti?

9. ¿Por qué quiere comprar ropa Ángela?

10. ¿Cómo te vistes para salir a cenar con tu pareja?

三 Vocabulario 生詞

（一）名詞

la cara roja 臉紅

los grandes almacenes 百貨公司

la mente 思想、想法、腦子

el vestido 洋裝

la oferta 折扣

（二）形容詞

distraído/a 分心的

enamorado/a 戀愛中的

tranquilo/a 平靜的、安心的

（三）連接詞

ni siquiera 甚至連……都沒有

además 而且

（四）動詞

我們用了哪些 ar 動詞？

pasar 發生

opinar 認為

quedar 剩下

encontrar 找到

我們用了哪些 er 動詞？

reconocer 體認到、辨識到

我們用了哪些反身動詞？

atreverse 敢

acostumbrarse 習慣

arrepentirse 後悔

ponerse roja 臉紅

vestirse 穿衣服、打扮

四 Estructura de la oración 語法與句型

（一）你的……怎麼樣？

> ¿Cómo ＋ te ＋ ir 的動詞變化 ＋ 事件？

請看課文中的例子：

> **¿Cómo te va en tus clases de español?**
> 你的西班牙語課怎麼樣？
> **Me va bien, me encantan.**
> 很好啊，我很喜歡。

句子中的te是受詞，句尾的事件是主詞。ir在這個句型裡面沒有「去」的意思，可以把整句理解為英文的How is it going?「ir」的時態會需要跟著對話情境需要做變化喔！可以從下面不同情境的練習題觀察一下。

實戰演練：請用 ¿Cómo ＋ te ＋ ir 的動詞變化 ＋ 事件？完成對話。

1. 詢問一陣子不見的朋友最近生活如何：（現在完成式）

   A: ¿Cómo te ＿＿＿＿＿＿＿＿＿＿＿ últimamente?

   B: ＿＿＿＿＿＿＿＿＿＿＿＿＿＿＿＿＿＿

2. 詢問剛旅行回來的朋友旅途如何：（簡單過去式）

   A: ¿Cómo ＿＿＿＿＿＿＿＿＿＿＿ en tu viaje?

   B: ＿＿＿＿＿＿＿＿＿＿＿＿＿＿＿＿＿＿

3. 詢問剛剛開完會的同事會議如何：（簡單過去式）

   A: ¿Cómo ＿＿＿＿＿＿＿＿＿＿＿ en la reunión?

   B: ＿＿＿＿＿＿＿＿＿＿＿＿＿＿＿＿＿＿

4. 詢問正在準備考試的朋友目前準備得如何：（現在進行式）

   A: ¿Cómo ＿＿＿＿＿＿＿＿＿＿＿ con la preparación del examen?

   B: ＿＿＿＿＿＿＿＿＿＿＿＿＿＿＿＿＿＿

5. 鼓勵即將出國留學、很擔心的朋友：（未來式ir a＋原型動詞）

A: Dentro de 5 días ya estaré en España, ¡qué nervios!

B: No te preocupes, _____ a ir bien.

（二）看起來好像、看起來、似乎

Parecer ＋ 形容詞／名詞＝看起來好像……

Parece que ＋ 句子＝看起來、似乎……

請看課文中的例子：

Pareces un poco distraída.
妳好像有點心神不寧。

上面兩個句型的中文翻譯是差不多的，使用「Parecer ＋ 形容詞／名詞」時，parecer需要按照主詞的人稱變化，例如：「Pareces cansado/a.」（你看起來有點累。）、「Parece cansado/a.」（他看起來有點累。）

使用「Parece que」時，後面要接一個完整的句子，例如：「Parece que Alejandra está enamorada.」（Alejandra看起來戀愛了。）

實戰演練：請用 Parecer 或 Parece que 完成對話。

1. 看到朋友怪怪的：

A: ¿Estás bien? Pareces _____.

B: No, solo estoy cansada.

2. 討論朋友的新男友：

A: ¿Qué opinas del novio de Ana?

B: Parece que _____, ¿y tú qué opinas?

3. 關心朋友考試準備的狀況：

A: ¿Estás listo para el examen de mañana?

B: Sí. Parece _____.

4. 經過百貨公司門口：

   A: Mucha gente está haciendo fila por allí, ¿qué hay?

   B: Parece que _____.

5. 討論隔天的行程：

   A: ¿Por qué no vamos a los grandes almacenes a ver las ofertas mañana?

   B: Es que parece que _____.

6. 一個朋友看起來心神不寧：

   A: Juan _____ un poco distraído últimamente.

   B: Es verdad, parece que _____.

（三）甚至連……都……

Ni siquiera

　　「Ni」已經有否定的意思，用「Ni siquiera」在句子開頭時，後面就是接肯定的動詞。或是也可以用No...siquiera，請看課文中的例子：

> **Ni siquiera sé si él sabe lo que siento.**
> **= No sé si él sabe lo que siento siquiera.**
> 我甚至不知道「他知不知道我對他有感覺」。

實戰演練：請用 ni siquiera... 完成對話。

1. 夫妻一起買菜，付錢的時候：

   A: ¿Tienes dinero? Me faltan 5NT.

   B: No tengo _____.

2. 想要問同事一個問題，他忙到完全沒有空：

   A: ¿Tienes tiempo?

   B: _____.

3. 邀請朋友去逛街買衣服：

A: Vamos a comprar ropa en El Corte Inglés mañana, ¿te interesa?

B: _____ .

4. 某朋友暗戀一個人：

A: ¿Cómo te está yendo con esta chica? ¿Ya han salido juntos?

B: _____ .

5. 兄弟在家，哥哥開冰箱，弟弟問：

A: ¿Hay comida en la nevera?

B: _____ .

（四）我覺得的是……／我感覺到的是……

> Lo que siento

在lo que＋verbo中，「lo」指的是「＿＿＿的那個東西／那件事」，例如：

- Lo que quiero decir es.... 我想說的「那件事情」是……

- Lo que pienso es... 我想的「那件事情」是……

- Lo que quiero preguntar es otra cosa. 我想要問的「那件事情」是另外一件事。

請看課文中的例子：

No sé, quiero saber lo que siente él, pero no me atrevo a preguntarle.
我不知道，我想知道他感受的是什麼，可是我不敢問他。

實戰演練：請用 lo que ＋動詞完成對話。

1. 在問難搞的家人要吃什麼：

   A: ¿Quieres comer fideos?

   B: No.

   A: ¿Y arroz frito?

   B: Tampoco.

   A: ¿Qué es lo que quieres?

   B: _____ es una pasta.

2. 跟朋友聊工作狀況：

   A: ¿Te gusta tu trabajo nuevo?

   B: No mucho.

   A: ¿Qué es lo que no te gusta de tu trabajo?

   B: _____.

3. 跟朋友聊棒球：

   A: ¿Sabes qué es una bola（壞球）en béisbol?

   B: No sé.

   A: ¿Sabes qué es una base por golpe（觸身上壘）en béisbol?

   B: No sé.

   A: ¿Pero no me has dicho que ves béisbol a menudo? ¿Qué sabes de béisbol?

   B: _____.

4. 跟家人討論去哪裡吃飯：

   A: ¿Quieres comer en casa?

   B: Prefiero comer en un restaurante.

   A: ¿No te gusta mi comida?

   B: No es eso, _____ es invitarte a comer.

（五）可能、或許

> Quizás ＋陳述式（非虛擬式）→可能性相對高

> Quizás ＋虛擬式 →可能性相對低

請看課文中的例子：

Quizás encontremos algo para este chico.
或許會找到可以買給這個男生的東西喔！

Quizás的後面，可以出現虛擬式或非虛擬式（現在、過去、未來等任何時態），
出現虛擬式的時候，代表說話者認為可能性比較低；
出現非虛擬式的時候，代表說話者認為可能性比較高。
例如：

- Quizás voy a viajar el próximo año.
  或許我明年會去旅行。

  （voy是ir的現在式，代表說話者認為可能性比較高）

- Quizás vaya a viajar el próximo año.
  或許我明年會去旅行。

  （vaya是ir的虛擬式，代表說話者認為可能性比較低）

  關於虛擬式的動詞變化，可參考本書第二課（第43頁）

實戰演練：請用 quizás ＋陳述式／虛擬式動詞來完成對話。

1. 跟班上同學聊報名考試的計畫：

   A: ¿Vas a tomar el examen DELE este año?

   B: _____.

   （Probabilidad alta. 可能性高）

2. 跟同事聊買房子的計畫：

   A: ¿Cuándo vas a comprar una casa?

   B: _____.

   （Probabilidad baja. 可能性低）

3. 跟朋友聊週末的行程：

   A: ¿Tienes que trabajar este fin de semana?

   B: _____.

   （Probabilidad baja. 可能性低）

4. 跟男友談婚事：

   Novia: ¿Cuándo nos casamos?

   Novio: _____.

   （Probabilidad baja. 可能性低）

5. 跟員工確認工作：

   Jefe: ¿A qué hora puedes darme el reporte（報告）?

   Empleado: _____.

   （Probabilidad alta. 可能性高）

memo

Lección 4

Comprando ropa cuando hay rebajas

打折季到了，去買衣服

本課學習目標：

1. 在服飾店買衣服的對話

2. 直接受詞、間接受詞的位置

3. 形容服飾及穿著的詞句

▶ MP3-07

(*Alejandra está viendo ropa en una tienda del Corte Inglés*)

（*Alejandra在英國宮百貨公司的一間店看衣服*）

Dependiente: Buenas tardes, ¿te puedo echar una mano?

午安，我可以幫妳（替妳服務）嗎？

Alejandra: Solo estoy viendo. Gracias.

我只是看看，謝謝。

Dependiente: Vale. Cualquier cosa me avisas.

好，有什麼需要隨時通知我。

Alejandra: Gracias.

謝謝。

(*Después de ver un rato*)

（*看了一下之後*）

Alejandra: Disculpa, ¿hay otros colores de este jersey?

不好意思，這件毛衣有其他顏色嗎？

Dependiente: Déjame ver. Ahora te digo.

讓我看一下，馬上跟妳說。

Alejandra: Vale.

(El dependiente sacó algunos)

Dependiente: Mira, hay blanco, negro, rojo y gris. Aquí están los 4 colores.

Alejandra: Me gustaría probarme el rojo y el gris.

Dependiente: No hay problema. ¿De qué talla?

Alejandra: No sé cómo son las tallas de aquí.

Dependiente: Creo que te queda bien la talla S. Llévate un S y un M para probar.

Alejandra: Gracias.

Dependiente: Pasa por aquí. Aquí está el probador.

Alejandra: Vale.

Dependiente: ¿Qué tal? ¿Te queda bien?

Alejandra: Prefiero el M, es más cómodo.

Dependiente: Vale, si quieres, te lo guardo en la caja. ¿Quieres ver algo más?

Alejandra: Sí, me gustaría ver los vestidos.

Dependiente: Hay muchos vestidos que están de oferta. Este azul se ha vendido bastante, y este verde también.

Alejandra: ¿Qué precio tienen después del descuento?

好。

（店員去倉庫拿了幾件出來）

妳看，有白色、黑色、紅色和灰色，這邊是這四種顏色。

我想試試看紅色跟灰色的。

沒問題，什麼尺寸？

我不知道這邊的尺寸是怎麼樣的。

我覺得妳應該是適合S的，妳S和M都帶去試試看。

謝謝。

這邊請，更衣室在這邊。

好。

怎麼樣，妳覺得適合嗎？

我覺得M號比較好，比較舒服。

好，妳要的話，我幫妳放在收銀台，妳還要看看什麼嗎？

對，我想看看洋裝。

有很多在折扣的洋裝。這件藍色賣得很好，綠色也是。

打折後是多少？

4

Dependiente: 12 euros con 80.

12.80歐元。

Alejandra: Voy a probarme los dos.

我兩件都試試看。

Dependiente: Venga. Pasa por aquí.

好，這邊請。

(*Alejandra entró al probador*)

（*Alejandra進更衣室*）

Dependiente: ¿Qué tal? ¿Te gusta?

怎麼樣，妳喜歡嗎？

Alejandra: Me voy a llevar el jersey rojo, y el vestido azul.

我要買紅色的毛衣，藍色的洋裝。

Dependiente: ¿Y el verde no te gusta?

那這件綠色的（洋裝）呢？不喜歡嗎？

Alejandra: No me queda bien. Es demasiado corto.

不適合我，太短了。

Dependiente: Vale. ¿Quieres ver algo más? ¿Los pantalones?

好，還要看看別的嗎？長褲？

Alejandra: Me llevo esto solamente. Gracias.

我只要這些就好了，謝謝。

Dependiente: Vale. ¿Estás registrada?

好，妳有登錄過嗎？

Alejandra: ¿Registrada?

登錄？

Dependiente: Nuestra membresía.

我們的會員。

Alejandra: No. ¿Cómo me registro?

沒有，要怎麼加入？

Dependiente: En línea. Solo tienes que ingresar tu nombre, teléfono y correo electrónico.

線上辦理，只要輸入名字、電話和電子信箱。

Alejandra: Ah, pero me he olvidado mi teléfono en casa, y no me acuerdo de mi número.

啊！可是我把手機忘在家裡了，而且我不記得號碼。

Dependiente: Entonces no se va a poder. Lo siento.

那就沒辦法了，不好意思。

Alejandra: No pasa nada. ¿Cuánto es en total?

沒關係，一共多少？

Dependiente: 24 con 60. ¿Pagas con tarjeta o efectivo?

24.60歐元，刷卡還是付現？

Alejandra: Tarjeta.

刷卡。

Dependiente: Vale. ¿En euros o en moneda de tu país?

好，刷歐元還是你國家的貨幣？

Alejandra: En euros.

歐元。

Dependiente: Firma aquí por favor. Aquí están tu ropa y recibo. Muchas gracias.

請在這邊簽名，這邊是妳的衣服和收據，謝謝。

Alejandra: Gracias.

謝謝。

4

1. ¿Qué está comprando Alejandra?

2. ¿Alejandra se quiere probar los jerséis?

3. ¿Qué le ha dicho el dependiente a Alejandra cuando entró?

4. ¿Qué ropa se ha probado Alejandra en total?

4

5. ¿Le ha gustado todo lo que se ha probado?

6. ¿Qué talla de jersey le ha quedado bien a Alejandra?

7. ¿Hay descuento en esta tienda?

8. ¿Cómo ha pagado Alejandra?

9. Cuando compras algo en extranjero, ¿prefieres pagar en efectivo o con tarjeta de crédito? ¿Por qué?

10. ¿Por qué Alejandra no puede registrarse?

三 Vocabulario 生詞

▶ MP3-08

（一）名詞

las rebajas 折扣、特惠	las ofertas 折扣、特惠	el color 顏色
la mano 手	la talla 尺寸	en línea 線上
el vestido 洋裝	el jersey 毛衣	el descuento 打折
los pantalones 長褲	el probador 更衣室	el efectivo 現金
el correo electrónico 電子信箱	la membresía 會員	la caja 收銀台
el recibo 收據	la tarjeta de crédito 信用卡	la moneda 貨幣

（二）形容詞

cualquier/a 任何的	blanco/a 白色	negro/a 黑色
rojo/a 紅色	gris 灰色	azul 藍色
naranja 橘色	verde 綠色	cómodo/a 舒服的
corto/a 短的	registrado/a 登記的、登錄的	

（三）副詞

demasiado 太	solamente 只要

（四）片語

echar una mano 幫忙

（五）動詞

我們用了哪些 ar 動詞？

echar 扔、丟	disculpar 不好意思、原諒	avisar 通知
quedar 穿起來（如何）	guardar 保留、存放	ingresar 輸入
firmar 簽名		

我們用了哪些反身動詞？

probarse 試穿   registrarse 登錄、報名

四 Estructura de la oración 語法與句型

（一）幫一個忙

echar una mano

在西班牙，走進店家隨便看看的時候，店員通常會問這句：「¿Te puedo echar una mano?」他不是要給你一隻手喔！是問你需不需要幫忙。如果不需要，你只要回答：「Solo estoy viendo. Gracias.」（我只是看看，謝謝）就可以了。

請看課文中的例子：

¿Te puedo echar una mano?
我可以幫你（替你服務）嗎？

 實戰演練：請用 echar una mano 來完成對話。

1. 正在搬有點重的東西，要別人來幫忙拿：

    A: ¿Me puedes _____? Es pesado.

    B: Ya vengo.

2. 描述以前受到別人的幫助：

    A: ¿Cómo te fue en tu presentación ayer?

    B: Me fue bien. Un compañero me _____.

    （提示：echar使用簡單過去式）

3. 一個媽媽在幫小孩穿衣服，忘了拿褲子，需要先生來幫忙：

    A: _____, tráeme sus pantalones.

    （提示：echar使用命令式）

    B: Bueno.

（二）直接受詞、間接受詞同時出現

請看課文中的例子：

> **Te lo guardo en la caja.**
> 我幫你（把毛衣）留在收銀台。
> Te指的是對方（間接受詞），lo指的是毛衣（直接受詞）。

直接受詞是跟動詞關係最近的，間接受詞是隔一層才會接觸到的。例如：

- He comprado un café para ti.
  我先買了一杯咖啡，然後才會給你。
  　　　　（直接受詞）　　（間接受詞）

將上面這句話的受詞全部代換成代名詞，即變成：

- Te lo he comprado.
  （te代替a ti）（lo代替café）
  我買了它給你。

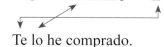

接下來你可能會問：「什麼時候會需要講這樣的句子呢？」

通常會是對話當中的人事物是前面已經提過，不用再重複就一定知道是在指什麼的時候，我們就會習慣用代名詞來講。比如說：

（老公從便利商店回來）

- Esposa: ¿Me has comprado un café?
  你有買咖啡給我嗎？

  Esposo: Sí, te lo he comprado.
  有啊，我買了它給你。

- A: ¿Me puedes traer ese vestido azul?
  你可以拿那件藍色洋裝來給我嗎？
  （先拿到「洋裝」，直接受詞）（然後給「我」，間接受詞）

B: Sí, <u>te</u> <u>lo</u> voy a llevar.

（te代替「你」）（lo代替vestido）

好，我帶它去給你。

因為llevar是原型動詞，受詞也可以直接接在後面，因此這句也可以說Sí, voy a llevártelo. 關於受詞的位置，在本書第六課有詳細的說明，想要先了解的學習者，可以翻到第100頁參考。

注意：上面te lo的順序是不能前後調換的喲！不論在動詞前或動詞後，都是這個順序，先講間接受詞，再講直接受詞。

其實直接受詞和間接受詞，只有第三人稱不一樣而已（請見下表紅色標示），所以講到第三人稱才需要特別想一下，其他的怎麼講都會對，就不一定非要去思考直接或是間接的問題。

另外，因為反身動詞也長得很像，所以下面表格我們放在一起比較。

主詞	直接受詞	間接受詞	反身動詞
Yo	me	me	me
Tú	te	te	te
Él / Ella / Usted	lo / la	le	se
Nosotros / Nosotras	nos	nos	nos
Vosotros / Vosotras	os	os	os
Ellos / Ellas / Ustedes	los / las	les	se

最後要提醒，當直接受詞和間接受詞都是「第三人稱」的時候，間接受詞都要改成「se」，例如：

- ¿La dependiente ha traído un vestido a Alejandra?

  店員拿了洋裝給Alejandra嗎？

按照原本的邏輯，回答應該會是「Le lo ha traído」，le代替Alejandra、lo代替vestido，但le, lo兩個「l」開頭的字連續出現，發音上不太好聽，所以在這樣的情況下，間接受詞就會全部變成se。因此，這句的正確回答是：

- Sí, se lo ha traído.

  對，她拿了它給她。（lo代替vestido、se取代le，代替Alejandra）

實戰演練：請用直接受詞和間接受詞來完成對話。

1. 請店員拿另一個顏色的衣服給你看：

   A: Este vestido rojo me gusta. ¿Hay otro color?

   B: Sí, ahora _____ _____ traigo.

2. 請店員拿另一個尺寸讓你試試看：

   A: Este abrigo M me queda pequeño. ¿_____ puedes traer un L?

   B: Vale, mi compañera _____ _____ va a traer.

3. 跟店員確認是否已給收據：

   A: Disculpa, ¿_____ has dado el recibo?

   B: Ah, no _____ _____ he dado, perdón.

4. 請朋友幫你轉交東西給另一個人：

   A: ¿Puedes llevar la bufanda a Emilia mañana? Se _____ ha olvidado.

   B: Vale, mañana _____ _____ llevo.

（三）我可以試穿……嗎？

> ¿Me puedo probar...?

　　「試穿」的原型動詞是probarse，這個字在買衣服的時候很常用到，想要試穿任何商品，就算不知道商品名稱，只要拿著去問店員：「¿Me puedo probar?」就可以了！

　　請看課文中的例子：

Me gustaría probarme el rojo y el gris.
我想試試看紅色跟灰色的。
Voy a probarme los dos.
我兩個都試試看。

實戰演練：請用 probarse 完成對話。

1. 問店員能否試穿長褲：

   A: ¿_____ estos pantalones?

   （提示：probarse用現在式）

   B: Sí, claro. Pasa por aquí.

2. 朋友在考慮要不要買一件外套，你叫他先試穿：

   A: No sé si compro este abrigo.

   B: _____ primero.

   （提示：probarse用命令式）

3. 逛街時覺得某雙鞋子很適合朋友，問他試穿過了沒：

   A: Creo que estos zapatos te quedan bien. ¿_____ los has

   _____?

   （提示：probarse用完成式）

   B: Todavía no, _____ los _____.

   （提示：probarse用未來式）

（四）穿起來（如何）

請看課文中的例子：

> **Creo que te queda bien la talla S.**
> 我覺得你應該是適合S的。
>
> **¿Te queda bien?**
> 你覺得適合嗎？
>
> **No me queda bien.**
> 不適合我。

　　quedar這個字的意思非常多，在本書第一課我們已經學過有「剩下」、「約」的意思，在這個對話中，quedar中文無法單獨翻譯，後面通常會接形容詞，表示穿起來怎麼樣，主詞是後面的東西（衣服、配件……），人反而是受詞，會放在queda的前

面，所以試穿的物品單數時是用queda，複數時用quedan。例如：

- Me queda bien esta camisa. （對我來說）這件襯衫穿起來不錯。

- Te queda pequeño este abrigo. （對你來說）這件外套穿起來有點小。

- Le quedan bonitos estos pantalones.
  （對他來說）這條長褲穿起來很漂亮。（pantalones是複數型）

實戰演練：請用受詞＋ quedar 來完成對話。

1. 試穿出來之後問朋友覺得如何：

   A: ¿Cómo me queda esta camiseta?

   B: _____ súper bien.

2. 打扮好準備出門，問家人覺得如何：

   A: ¿_____ bien esta camisa blanca?

   B: _____ bonita.

3. 整理衣櫃，發現有衣服穿不下了：

   A: ¡Guau! Esta falda _____ pequeña.

   B: Pues regálala a tu hermana.

4. 拒絕家人送的鞋子：

   A: He comprado estos zapatos, pero me quedan un poco pequeños, ¿te los quieres probar?

   B: Parece que _____ muy grandes. ¿Los quieres regalar a Ana?

Lección 5

Comprando medicina en una farmacia

去藥局買藥

本課學習目標：

1. 身體部位、有病痛時的說法

2. 用條件式表達「可能性」

3. 用虛擬式表達「對他人的期待或希望」

▶ MP3-09

(*Alejandra no se siente muy bien hoy. Le duele la cabeza*)

（*Alejandra今天不太舒服，頭痛*）

Sabrina: Alejandra, tienes mala cara. ¿Qué te pasa?

Alejandra，妳臉色很差，怎麼了？

Alejandra: He tenido dolor de cabeza todo el día. Me siento mal. ¿Qué hago?

我整天都頭痛，感覺很差。我該做什麼？

Sabrina: Yo que tú, iría al médico o a la farmacia a comprar medicina.

如果我是妳，就會去看醫生，或是去藥局買藥。

Alejandra: Creo que voy a la farmacia. Recuerdo que hay una en el camino a mi casa.

我想我會去藥局，我記得回家的路上就有一家。

Daniel: ¿Quieres que te acompañemos?

你要不要我們陪妳？

Alejandra: No hace falta. Puedo ir sola, gracias. No es nada serio.

不需要啦，我可以自己去，謝謝，不是太嚴重。

Sabrina: Si "tu amor" te acompaña, seguro que ya no te duele la cabeza. Jejeje...

如果是「妳的愛」來陪你的話，妳一定就不會頭痛了，嘿嘿嘿……

Alejandra: ¡Sabrina!

Sabrina！

Sabrina: Son bromas.

開玩笑啦！

Alejandra: ¡Más te vale! Me duele mucho la cabeza de verdad, no me puedo reír.

給我小心一點喔！我真的頭很痛，笑不出來啦！

Daniel: Bueno, ve a la farmacia.

好了啦，快去藥局！

(*En la farmacia*)

（*在藥局*）

Farmacia: Buenas tardes. ¿Qué buscas?

午安，妳找什麼？

Alejandra: Buenas tardes. ¿Tenéis pastillas para el dolor de cabeza?

午安，你們有頭痛藥嗎？

Farmacia: Sí, tenemos estos dos tipos.

有，我們有這兩種。

Alejandra: Ah, este tipo es el mismo que compro en mi país. Dame estas, por favor.

啊！這種跟我在我國家買的一樣，給我這些（藥），麻煩你。

Farmacia: Tómalas 2 veces al día, después de las comidas.

一天吃兩次，飯後。

Alejandra: Vale. Y otra cosa, ¿tenéis crema anti-insectos?

好，還有一件事，有防蟲藥膏嗎？

Farmacia: Sí, claro. Aquí están. Si te pica mucho, te recomiendo esta botella verde.

當然，在這邊。如果妳很癢的話，我建議妳擦綠瓶子這個。

Alejandra: Son muy grandes. ¿Tenéis una botella más pequeña?

很大耶！有小瓶一點的嗎？

Farmacia: Entonces solo de esta marca, la botella amarilla. También funciona muy bien.

那只有這種牌子的，黃瓶子的，效果一樣很好。

Alejandra: Vale, ¿cuánto cuesta todo?　　　　好，一共多少？

Farmacia: Ahora te digo. Son 8 euros con 10 en total. ¿Efectivo?　　　　我馬上跟妳說，一共8.10歐元，現金嗎？

Alejandra: Sí.　　　　對。

Farmacia: Aquí está tu cambio, 1 con 90.　　　　你的找錢在這邊，1.90歐元。

Alejandra: Gracias.　　　　謝謝。

Farmacia: A ti.　　　　不客氣。

5

二 Preguntas del texto 課文閱讀理解練習

1. ¿A dónde va a ir Alejandra? ¿Por qué?

2. Tú que Alejandra, ¿qué harías? ¿Por qué?

3. ¿Dónde está la farmacia?

4. ¿Quién va a acompañar a Alejandra?

5. ¿Qué no puede hacer Alejandra? ¿Por qué no?

6. ¿Qué no puedes hacer cuando te duele la cabeza?

7. Si tienes dolor de cabeza, ¿prefieres ir a la farmacia o al doctor? ¿Por qué?

8. ¿Qué haces cuando tienes dolor de estómago?

9. ¿Cuándo y cuántas veces al día Alejandra tiene que tomar la medicina?

10. ¿Qué otra cosa ha comprado Alejandra?

5

三　Vocabulario 生詞

▶ MP3-10

（一）名詞

el doctor/ la doctora　醫生	la medicina　藥
la farmacia　藥局	la cabeza　頭
la pastilla　藥丸	el tipo　種類
el mismo/ la misma　同樣的（那個東西）	la crema　（藥）膏、乳液
la marca　牌子	la botella　瓶子
el camino　路、路上	el cambio　找錢

（二）形容詞

verde　綠色的	amarillo/a　黃色的	igual　一樣的
serio/a　嚴重的、嚴肅的	anti-insecto　防蟲的	

（三）動詞

我們用了哪些 ar 動詞？

acompañar　陪伴	picar　（抓）癢	funcionar　有效、運作

我們用了哪些 er 動詞？

doler　痛

我們用了哪些反身動詞？

reírse　笑

四 Estructura de la oración 語法與句型

（一）身體某部位疼痛

> a ＋某人＋ me/te/le/nos/os/les ＋ duele(n) ＋身體部位

> Tener dolor de ＋身體部位

請看課文中的例子：

Le duele la cabeza.
她頭痛。

He tenido dolor de cabeza todo el día.
我整天都頭痛。

doler的用法跟gustar類似，主詞是「接在後面的那個身體部位」，通常只會用到duele和duelen兩種變化。

例如：

- Me duele la cabeza. 我頭痛。（主詞是頭，單數，所以用duele，以下5句相同）

- Te duele la cabeza. 你頭痛。

- Le duele la cabeza. 他頭痛／她頭痛。

- Nos duele la cabeza. 我們頭痛。

- Os duele la cabeza. 你們頭痛。

- Les duele la cabeza. 他們頭痛／她們頭痛。

- Me duelen los ojos. 我眼睛痛。（主詞是眼睛，複數，所以用duelen，以下5句相同）

- Te duelen los ojos. 你眼睛痛。

- Le duelen los ojos. 他眼睛痛／她頭痛。

- Nos duelen los ojos. 我們眼睛痛。

- Os duelen los ojos. 你們眼睛痛。

- Les duelen los ojos. 他們眼睛痛／她們眼睛痛。

身體某部位疼痛，也可以用「tener dolor de＋身體部位」這種句型。

例如：

- Ella tiene dolor de hombros. 她肩膀痛。

- ¿Tienes dolor de estómago? 你肚子痛嗎？

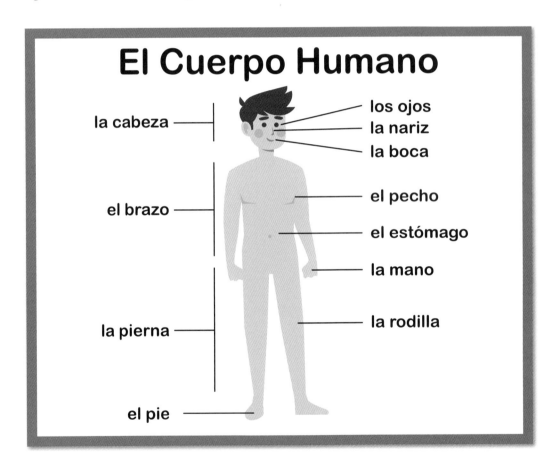

El Cuerpo Humano

la cabeza

los ojos
la nariz
la boca

el brazo

el pecho

el estómago

la mano

la rodilla

la pierna

el pie

實戰演練：請用 doler 或 tener dolor de 來完成對話。

1. 在藥局買藥：

    A: ¿Qué buscas?

    B: Hola, he comido mucho y ahora _____.

    A: Esta medicina es buena para el estómago.

2. 兩個同學在學校：

    A: ¿Estás bien?

    B: Esta mañana he llevado muchas cosas en la mochila, _____

    la espalda.

3. 兩個朋友在辦公室：

    A: ¿Por qué estás llorando? ¿Estás triste?

    B: No estoy triste, _____ por ver la computadora

    todo el día.

4. 兩個好朋友：

    A: ¿Vamos a jugar baloncesto mañana?

    B: No puedo. He corrido una maratón completa este domingo y

    _____.

5

（二）跟……的一樣

el mismo que / la misma que

請看課文中的例子：

Esta es la misma que compro en mi país.
這跟我在我的國家買的（藥）一樣。（因medicina是陰性，所以用"la" misma que）

例如：

- A: Mira, he comprado este nuevo móvil. 你看，我買了新手機！

- B: ¡Ese es el mismo que el mío!
  這個跟我的一樣耶！（因móvil是陽性，所以用"el" mismo que）

實戰演練：請用 el mismo que / la misma que 完成對話。

1. 聊到之前旅行時住到一樣的飯店：

   A: Fui al hotel "El Amanecer" de vacaciones.

   B: _____.

   （提示：「去」要用簡單過去式）

2. 兩個女生聊到剛認識的帥哥竟然是同一個：

   A: He conocido a un chico muy guapo. Mira esta foto.

   B: _____. ¡Qué sorpresa!

   （提示：「認識」要用簡單過去式）

3. 聊到近期碰巧看過同一部電影：

   A: Me gusta la película de un perro que regresa a su casa.

   B: ¿En serio? _____.

   （提示：「看」要用簡單過去式）

4. 聊到正在報名的一個馬拉松比賽竟然是同一個：

   A: Voy a correr la maratón de la ciudad el próximo mes.

   B: _____.

   （提示：「去」要用未來式）

（三）如果我是你，就會……（條件式 Condicional）

「如果我是你、如果我是她」這種句型的說法有兩種：

1. 主詞 1 ＋ que ＋主詞 2

2. 主詞 1 ＋ en ＋所有格＋ lugar

例如：

- Yo que tú（如果我是你）= Yo en tu lugar

- Tú que yo（如果你是我）= Tú en mi lugar

- Yo que ella（如果我是她）= Yo en su lugar

- Él que yo（如果他是我）= Él en mi lugar

接在後面的句子「就會……」要用條件式，條件式的使用條件有6種，在這一課我們只要先學這一種就好，可以把條件式理解為「就會／可能會……」做什麼事，表達一種可能性。

請看課文中的例子：

Yo que tú, iría al doctor o a la farmacia a comprar medicina.
如果我是你，我就會去看醫生，或是去藥局買藥。

條件式規則動詞的變化，是在原型動詞後面直接加上ía, ías, ía, íamos, íais, ían的字尾，ar、er、ir三種動詞的變化都相同，比起簡單過去式來說，非常好記喔！

條件式規則動詞

	invitar（邀請）	ser（是）	ir（離開、去）
Yo	invitaría	sería	iría
Tú	invitarías	serías	irías
Él / Ella / Usted	invitaría	sería	iría
Nosotros / Nosotras	invitaríamos	seríamos	iríamos
Vosotros / Vosotras	invitaríais	seríais	iríais
Ellos / Ellas / Ustedes	invitarían	serían	irían

常見的條件式不規則動詞

原型動詞	條件式		原型動詞	條件式
tener（有）	tendría		querer（要）	querría
poner（放、穿）	pondría		caber（容納）	cabría
poder（能）	podría		haber（存在、有）	habría
salir（離開）	saldría		saber（知道）	sabría
venir（來）	vendría		decir（告訴）	diría
valer（價值）	valdría		hacer（做）	haría

實戰演練：請用條件式完成對話。

1. 朋友在考慮先工作還是先讀研究所：

    A: No sé si empezar a trabajar o estudiar una maestría.

    B: _____, _____ primero.

2. 跟朋友說家人在連假期間想去海邊：

    A: Mi familia quiere ir de vacaciones a la playa durante este fin de semana largo.

    B: _____, no _____ ahora, hay mucha

    gente y todo está muy caro.

3. 跟朋友說自己喜歡上兩個女生，不知道怎麼決定：

    A: Me gustan dos chicas diferentes. _____, ¿qué harías?

    B: _____.

4. 跟朋友說自己同時被兩個男生告白，不知道怎麼決定：

    A: Dos chicos me han pedido que sea su novia. _____,

    ¿qué harías en mi lugar?

    B: _____.

更多條件式用法的說明，請掃描
這個QR Code看教學影片

（四）你要我們……嗎？

請看課文中的例子：

¿Quieres que te acompañemos?（虛擬式）
你要我們陪你嗎？

在第二課我們介紹過虛擬式的第一種用法，是用來表達祝福。本課練習虛擬式的第二種用法，是表達對其他人的期待或希望，常見句型是：

主詞 1 ＋ querer/esperar/necesitar/desear/preferir ＋ que ＋主詞 2 ＋

虛擬式動詞（presente de subjuntivo）

例1：(Yo) necesito que (me) acompañes.　　　　我需要你陪我。

例2：(Yo) espero que (él) me entienda.　　　　我希望他理解我。

例3：¿Qué (tú) quieres que (yo) haga?　　　　你要我做什麼？

例4：¿A dónde (tú) quieres que (nosotros) vayamos?　　你要我們去哪裡？

只要前後主詞是不同的人，而且是表達對「另外一個人」的期待或希望，後面的動詞就會用虛擬式。

這樣的動詞轉換概念不難，挑戰是講出來的時候要習慣講出虛擬式，這需要大量地口語練習。建議可以用上面的例句，每次只代換掉句中的第二個主詞，然後改變對應人稱的虛擬式。這樣反覆代換到習慣為止。

實戰演練：請用虛擬式完成以下對話。

1. 跟主管確認隔天行程時間：

    A: ¿A qué hora tenemos que llegar mañana?

    B: Necesito que _____ antes de las 10 de la mañana.

2. 夫妻很晚回到家，想吃東西：

    A: Tengo mucha hambre. ¿Qué hay para comer?

    B: No hay nada en la nevera. ¿Quieres que _____?

    A: Mejor llamemos Uber eats. Es más fácil.

3. 談論另外一個在生氣的朋友：

    A: He oído decir que Juan está enfadado contigo.

    B: Sí, ya le mandé un mensaje largo para explicar lo que pasó. Espero que me

    _____.

4. 兩個爸爸在討論出國留學的孩子：

    A: He oído decir que tu hijo va a estudiar en Europa, ¿es verdad?

    B: Sí, espero que _____.

5. 兩個朋友在網路上找旅館：

    A: Estoy buscando el hotel para nuestro viaje a 高雄, mira estos dos, ¿cuál es mejor?

    B: Prefiero que _____ en este, está más cerca de la estación de tren.

Lección 6

La última semana del curso

課程的最後一週

本課學習目標:

1. 未來式的用法

2. 受詞放在句中不同位置的用法

3.「如果……就……」的句型

▶ MP3-11

Profesor: Bueno, hemos llegado a la última semana del curso. Aprovechad estos días para hacer vuestras compras, visitar lugares famosos y despediros de vuestros amigos y anfitriones.

好的，我們來到課程的最後一週了，好好利用這幾天，去買東西、去看看有名的地方，還有跟你們的朋友、寄宿家庭道別。

Daniel: Gracias profesor, eso haremos.

謝謝老師，我們會這樣做的。

Sabrina: Sí, también para hacer las cosas que no nos hemos atrevido a hacer hasta ahora. ¿Verdad Alejandra?

對，也要去做一些我們到目前為止一直不敢做的事，對吧Alejandra？

Alejandra: ¿Qué me estás diciendo?

妳在（跟我）講什麼啦！

Sabrina: Nada, nada. Yo solo estoy diciendo lo que dijo el profesor, jejeje.

沒有啦！沒有啦！我只是在講老師説的事情，嘿嘿嘿……

(*Unas horas más tarde*)

（*幾個小時之後*）

Sabrina: Alejandra, tienes que hablar con él esta semana. No esperes más.

Alejandra，妳一定要這個星期找他談談，不能再等了。

Alejandra: ¡Yo lo sé, pero es que tengo vergüenza!

我知道啦……可是我覺得很不好意思……

Sabrina: ¿Por qué vergüenza? No has hecho nada malo. Solamente dijiste algo cuando estabas borracha.

有什麼不好意思？妳又沒做壞事！妳只是喝醉的時候説了一點話！

Daniel: He oído decir que él es soltero y no tiene novia.

我聽説他單身，也沒有女朋友。

Sabrina: ¿Ya ves? Eso significa que tienes una oportunidad.

妳看吧！這代表著妳有機會！

Daniel: Mira, solo hay una forma de saber la verdad.

要知道真相，只有一個方法！

Sabrina: Es esta semana o nunca.

要就這星期做，要不然就永遠不會做了！

Alejandra: ¿Por qué yo tengo que tomar la iniciativa? ¿Por qué él no habla conmigo primero?

為什麼是我要先主動出擊啊？為什麼不是他跟我説？

Sabrina: Pero esto ya no es importante, Alejandra. Queda muy poco tiempo.

這個已經不重要了啦Alejandra，剩下的時間很少了。

Daniel: Mirad, he recibido un mensaje de un amigo. Salieron a tomar unas cañas y le preguntaron si le gustaba alguien.

欵你們看，我收到一個朋友的簡訊，他們一起出去喝酒，他們有問他有沒有喜歡的人。

Alejandra y Sabrina: ¿Y qué les dijo?

他跟他們説什麼？

Daniel: ¡Tranquilas! Estoy leyendo. ¡Él les dijo: "Me gusta una chica de la escuela"!

冷靜一點啦！我正在看！他跟他們説：「我喜歡學校的一個女生。」

Alejandra y Sabrina: ¿Quién?

誰？

Daniel: Oh, oh. No les dijo.

喔喔……他沒跟他們説。

Sabrina: ¡Lo sabía! ¡Lo sabía!

我就知道！我就知道！

Alejandra: ¿Qué cosa?

什麼啦？！

Sabrina: Esa chica no puede ser otra. Eres tú.

這個女生不會是別人啦！一定是妳！

Alejandra: ¿Pero si es otra chica?

可是如果是別人呢？

Daniel: Ya no puedo más. Hemos intentado ayudarte. No sé qué más decirte.

我受夠了！我們已經嘗試要幫妳了，我不知道還能跟妳説什麼了。

Sabrina: No más peros, ¿vas a hablar con él, sí o no? Si dices que no, me enfadaré contigo.

不要再可是了！妳到底要不要找他談？如果妳再説不，我就要跟妳生氣了！

Alejandra: Que sí, que sí. Lo haré mañana. Le enviaré un mensaje para vernos después de clase. Luego os contaré.

好啦好啦！我明天做啦！我會傳個訊息跟他約課後見面，（結果）再告訴你們。

6

二 Preguntas del texto 課文閱讀理解練習

1. ¿Qué aconseja el profesor a los estudiantes?

2. ¿Qué tiene que hacer Alejandra?

3. Tú en lugar de Alejandra, ¿qué harías?

4. ¿Por qué Alejandra no se atreve a hablar con el chico primero?

5. ¿Qué dice el mensaje que ha recibido Daniel?

6. ¿Crees que Alejandra tiene una oportunidad?

7. ¿Por qué crees que el chico no ha hablado con Alejandra?

8. ¿De quién crees que Alejandra está enamorada?

9. ¿Crees que Alejandra va a hablar con el chico mañana?

10. ¿Qué opinas de tener una relación con un extranjero / una extranjera?

6

三　Vocabulario 生詞

（一）名詞

▶ MP3-12

todo el mundo　全世界（所有人）	la forma　方法
la vergüenza　羞恥、尷尬	la caña　啤酒（西班牙稱呼啤酒的另一種説法）
la oportunidad　機會	el mensaje　簡訊

（二）形容詞

borracho/a　喝醉的	soltero/a　單身的
tímido/a　害羞的	último/a　最後的

（三）副詞

quizás　也許

（四）動詞

我們用了哪些 ar 動詞？

tomar la iniciativa　首先出擊／採取行動	aprovechar　利用
significar　意思、所指的是	intentar　嘗試、企圖
enviar　寄、傳	contar　告訴（一個故事）

我們用了哪些反身動詞？

enfadarse　生氣	atreverse　敢（做某件事）
despedirse　道別	

四 Estructura de la oración 語法與句型

（一）好好利用

> Aprovechar ＋時間＋ para ＋做什麼

請看課文中的例子：

Aprovechad estos días para hacer vuestras compras, visitar lugares famosos y despediros de vuestros amigos y anfitriones.
好好利用這幾天，去買東西、去看看有名的地方，還有跟你們的朋友、寄宿家庭道別。

 實戰演練：請用 Aprovechar ＋時間＋ para ＋做什麼完成對話。

1. 因為想利用週末休息，拒絕派對邀請：

    A: ¿Por qué no vas a participar en la fiesta?

    B: _____

2. 提議利用休假日去做一個活動：

    A: Mañana no tenemos que trabajar, ¿vamos a hacer algo?

    B: _____

3. 建議快要回國的朋友利用最後幾天去做……：

    A: Solo me quedan 5 días antes de regresar a mi país, ¿qué me recomiendas hacer?

    B: _____

4. 提議利用突然空出來的時間來做……：

    A: Han cancelado la reunión, ya no tengo que hacer la presentación hoy.

    B: _____

（二）未來式（Futuro Simple）

請看課文中的例子：

Gracias profesor, eso haremos.
謝謝老師，我們會這樣做的。

Que sí, que sí. Lo haré mañana. Le enviaré un mensaje para vernos después de clase. Luego os contaré.
好啦好啦！我明天做啦！我會傳個訊息跟他約課後見面，（結果）再告訴你們。

　　未來式和條件式的動詞變化很像，都是保留整個原型動詞，後面加上字尾，以下列表說明，建議也可以和第85頁的條件式說明對照。

未來式規則動詞

	AR	ER	IR
	aprovechar （好好利用）	atreverse （敢）	despedirse （道別）
Yo	aprovecharé	me atreveré	me despediré
Tú	aprovecharás	te atreverás	te despedirás
Él / Ella / Usted	aprovechará	se atreverá	se despedirá
Nosotros / Nosotras	aprovecharemos	nos atreveremos	nos despediremos
Vosotros / Vosotras	aprovecharéis	os atreveréis	os despediréis
Ellos / Ellas / Ustedes	aprovecharán	se atreverán	se despedirán

6

常見的未來式不規則動詞

	poder （能、會、 可以）	tener （有）	poner （穿、放）	venir （來）	salir （離開）
Yo	podré	tendré	pondré	vendré	saldré
Tú	podrás	tendrás	pondrás	vendrás	saldrás
Él / Ella / Usted	podrá	tendrá	pondrá	vendrá	saldrá
Nosotros / Nosotras	podremos	tendremos	pondremos	vendremos	saldremos
Vosotros / Vosotras	podréis	tendréis	pondréis	vendréis	saldréis
Ellos / Ellas / Ustedes	podrán	tendrán	pondrán	vendrán	saldrán

	querer （要）	hacer （做）	decir （告訴）	saber （知道）	haber （存在、有）	caber （容納）
Yo	querré	haré	diré	sabré	habré	cabré
Tú	querrás	harás	dirás	sabrás	habrás	cabrás
Él / Ella / Usted	querrá	hará	dirá	sabrá	habrá	cabrá
Nosotros / Nosotras	querremos	haremos	diremos	sabremos	habremos	cabremos
Vosotros / Vosotras	querréis	haréis	diréis	sabréis	habréis	cabréis
Ellos / Ellas / Ustedes	querrán	harán	dirán	sabrán	habrán	cabrán

使用未來式的情境有以下四種：

1. 未來的規劃，例如：

   ¿Qué meta tienes para el próximo año? 明年有什麼目標？

   Cambiaré de trabajo. 我會換工作。

2. 遠程的規劃，例如：

   ¿Cuándo te casarás? 你什麼時候會結婚？

   No sé, me casaré algún día. 不知道，總之有一天會結婚。

3. 近期的預告，例如：

   ¿Cuándo será la reunión? 會議是什麼時候？

   Ya te avisaré. 我再通知你。

6

4. 目前的推斷，例如：

¡Qué bien habla español! ¿Cuánto tiempo llevará estudiando español?

他西班牙語說得真好！西班牙語（不知道）學多久了呢？

Creo que llevará más de 5 años. 我認為應該學超過5年了！

 實戰演練：請用未來式完成對話。

1. 遠程的規劃：

   A: Ya lleváis 6 años juntos, ¿cuándo os casaréis?

   B: Creo que _____

2. 目前的推斷：

   A: ¡Qué guapo es ese chico! ¿Tendrá novia?

   B: _____

3. 目前的推斷：

   A: ¿Con quién estará hablando el jefe? Parece que está muy enfadado.

   B: _____

4. 未來的規劃：

   A: Llevas años diciendo que quieres estudiar en México, ¿cuándo irás?

   B: _____

5. 近期的預告：

   A: He oído decir que renunciaste. ¿Qué plan tienes?

   B: _____

 更多未來式用法的說明，請掃描
這個QR Code看教學影片

（三）如果……的話，就……（對於未來的一種推測或預告）

Si＋現在式，未來式

請看課文中的例子：

Si dices que no, me enfadaré contigo.
如果你再說不要的話，我就要跟你生氣了！

實戰演練：請用「Si＋現在式，未來式」完成對話。

1. 如果兩個月不用工作：

   A: ¿Qué harás si no tienes que trabajar por 2 meses?

   B: _____

2. 如果廁所沒有衛生紙：

   A: ¿Qué harás si no hay papel en el baño?

   B: _____

3. 如果可以跟梅西（足球選手）說話：

   A: ¿Qué dirás a Messi si puedes hablar con él?

   B: _____

4. 如果在西班牙旅行時找不到旅館：

   A: ¿Qué harás si no encuentras hotel cuando viajas a España?

   B: _____

5. 請試著自己創造一個「如果……就……」的問題

   ¿Qué harás si _____?

   _____

6

（四）受詞的位置

受詞的位置，在某些情況下在動詞後面，某些情況下則在動詞前面，以下運用我們學過的時態，將可套用的情況列表統整：

	受詞＋動詞（受詞在前）	動詞＋受詞（受詞在後）
變化過的動詞 （肯定命令式除外）	Le enviaré un mensaje. 我會傳簡訊給他。 Lo sabe todo el mundo. 全世界都知道（這件事）了。	
否定命令式	No me mientas. 你不要騙我。 No me ames. 你不要愛我。	
肯定命令式		¡Envíale el mensaje hoy! 今天就傳簡訊給他！
原型動詞	Te hemos intentado ayudar. 我們有嘗試幫助你。	Hemos intentado ayudarte. 我們有嘗試幫助你。
現在進行式	Le estoy enviando el mensaje. 我正在傳簡訊給他。	Estoy enviándole el mensaje. 我正在傳簡訊給他。

6

實戰演練：請用帶有受詞的句子完成對話。

1. 提醒家人記得買寵物的食物：

   A: Recuerda comprar comida para las mascotas.

   B: _____

2. 提醒室友上傳要分租的房間的照片到租屋網：

   A: ¿Cuándo puedes tomar las fotos de la casa para subirlas en la página web para

   alquilar?

   B: _____

3. 回答老師已經做了西班牙語作業：

   A: ¿Quién ha hecho la tarea de español?

   B: _____

4. 跟室友分配打掃工作：

   A: ¿Quién tiene que limpiar el baño esta semana?

   B: _____

6

（五）做一件事＋為了＋另外一件事

_____ para ＋原型動詞

請看課文中的例子：

Aprovechad estos días para hacer vuestras compras, visitar lugares famosos y despediros de vuestros amigos y anfitriones.
好好利用這幾天，去買東西、去看看有名的地方，還有跟你們的朋友、寄宿家庭道別。

Le enviaré un mensaje para vernos después de clase. Luego os contaré.
我會傳個訊息跟他約課後見面，再跟你們說！

 實戰演練：請用 para ＋原型動詞完成對話。

1. 學西班牙語是為了什麼？

   A:　¿Para qué estudias español?

   B: _____

2. 工作是為了什麼？

   A:　¿Para qué trabajas?

   B: _____

3. 需要錢是為了什麼？

   A:　¿Para qué necesitas dinero?

   B: _____

4. 運動是為了什麼？

   A:　¿Para qué haces deporte?

   B: _____

Lección 7

¿Ya hay noticias de Alejandra?

有 Alejandra 的消息了嗎？

本課學習目標：

1. 間接轉述的說法

2. 討論他人感情狀態

3. 「保持」、「繼續」、「再……一次」等片語

▶ MP3-13

(*Sabrina y Daniel están chateando desde sus casas*)

（Sabrina跟Daniel在各自的家裡網路聊天中）

Sabrina: ¿Has visto o hablado con Alejandra?

你有跟Alejandra見面嗎？還是有跟她說到話？

Daniel: No, al terminar la clase dijo que iría a su cita. Después no he hablado más con ella.

沒有耶，下課的時候她說她有約，之後就沒再跟她說到話了。

Sabrina: Le he enviado varios mensajes, aparecen leídos pero no me ha respondido ninguno.

我傳了幾個訊息給她，顯示已讀，可是一個都沒回覆我。

Daniel: Yo también le he enviado varios mensajes. Espero que esté bien.

我也傳了好幾個訊息給她，希望她都好。

Sabrina: ¿Te dijo dónde era la cita?

她有跟你說她的約是在哪裡嗎？

Daniel: No, dijo que prefería mantenerlo en secreto.

沒有，她説她比較想要保密。

Sabrina: A mí me dijo lo mismo.

她也是這樣跟我説的。

Daniel: ¿Quieres ir a buscarla a su casa?

你要去她家找她嗎？

Sabrina: No, prefiero no molestar a su familia anfitriona.

不要啦，還是不要去打擾她寄宿家庭（的家人）啦！

Daniel: Entonces, ¿qué hacemos? ¿Seguimos esperando?

所以呢，我們要做什麼？繼續等嗎？

Sabrina: Pues sí. ¿Qué más podemos hacer?

是啊！不然還有什麼可以做的嗎？

(*Una hora después*)

（一個小時之後）

Sabrina: ¿Te ha contestado?

她回覆你了嗎？

Daniel: Sí, dijo que ya iba a su casa. ¿No te ha escrito?

有，她説她在回家的路上了。她沒寫（訊息）給妳嗎？

Sabrina: Sí, me ha escrito lo mismo.

有，她寫給我也是一樣的。

Daniel: Supongo que necesita estar sola un rato para pensar todo esto. Espera un rato para escribirle.

我推測她應該是需要獨處一下，好好想想整件事吧！等一下再寫（訊息）給她啦！

Sabrina: Bueno.

好吧！

(*Más tarde..., por WhatsApp*)

（更晚之後……在WhatsApp聊天）

Alejandra: Hola, chicos. ¿Cómo estáis?

嗨大家，你們好嗎？

Daniel: Hola.

嗨！

Sabrina: ¡Alejandra! ¡Por fin nos has contestado!

Alejandra！妳終於回覆了！

Alejandra: Bueno, si queréis hablamos mañana, no pasa nada.

嗯，你們想要的話，要不然我們明天再講好了，沒差！

Sabrina: ¡No te pases! Sabes que estamos esperando escuchar tus noticias.

妳不要這麼過分喔！妳明明知道我們都在等著聽妳的消息！

Daniel: Sí. ¿Qué pasó?

對啊！到底怎樣了？

Alejandra: No sé cómo explicaros, es complicado.

我不知道怎麼跟你們解釋啦！很複雜！

Sabrina: Pero, ¿qué te dijo?

可是，他跟妳說了什麼啊？

Alejandra: Al llegar al lugar, él ya estaba allí.

我到那個地方的時候，他已經在那邊了。

Daniel: ¿Llegaste a tiempo?

妳準時到的嗎？

Alejandra: Yo llegué temprano, unos minutos antes.

我早到，還提早了幾分鐘。

Sabrina: Eso es un buen inicio. Sigue contando.

不錯的開始啊！繼續講！

Daniel: ¿Te llevó flores o chocolates?

他有帶花或是巧克力給妳嗎？

Alejandra: No, no me llevó nada. Dijo que no quería darme presión. ¿Sabéis qué? Prefiero contaros todo en persona y no en chat.

沒有，什麼都沒帶給我。他說不想給我壓力。你們知道嗎？我還是跟你們見面聊好了，不要用線上聊啦！

Sabrina: Hagamos una videoconferencia y así nos cuentas todo con detalles.

我們開視訊好了，這樣你可以跟我們講所有的細節。

Alejandra: No, prefiero hablar mañana, necesito un momento tranquilo. Mañana os contaré todo.

不要啦，還是明天講好了，我需要靜一靜，明天再告訴你們！

Daniel: ¿Qué? ¡Nos dejarás sin poder dormir toda la noche!

什麼啊？你要讓我們一整晚睡不著喔？

Sabrina: No puedes hacernos eso, hemos esperado toda la noche.

妳不可以這樣對我們啦！我們等了一整晚耶！

Alejandra: Mañana hablaremos. Lo prometo. Ya me he bañado, voy a dormir. Buenas noches.

明天講啦！我保證！我已經洗澡了，我先去睡，晚安！

二 Preguntas del texto 課文閱讀理解練習

1. ¿Quién acompañó a Alejandra a su cita?

2. ¿Cómo han intentado Sabrina y Daniel contactar a Alejandra?

3. ¿Por qué Alejandra no les dijo a sus amigos dónde era la cita?

4. Si quieres hablar con un amigo, ¿prefieres llamar por teléfono o enviar mensajes? ¿Por qué?

5. ¿Dónde crees que fue la cita de Alejandra?

6. ¿Por qué Sabrina no quiere ir a la casa de Alejandra?

7. ¿Por qué Daniel piensa que Alejandra quiere estar sola?

8. Cuando quieres pensar, ¿prefieres estar solo/a o con amigos? ¿Por qué?

9. ¿Por qué Alejandra prefiere hablar con sus amigos en la mañana?

10. ¿Qué harías tú en el lugar de Sabrina y Daniel? ¿Por qué?

三 Vocabulario 生詞

（一）名詞

▶ MP3-14

la cita 約、約會

la presión 壓力

el detalle 細節

el secreto 秘密

el rato 一下子

la privacidad 隱私

el inicio 開始

la videoconferencia 視訊會議

ninguno/a 沒有任何一個

la flor 花

（二）形容詞

varios/as 好幾個

romántico/a 浪漫的

complicado/a 複雜的

（三）片語

a tiempo 準時

volver a ＋原型動詞 再……一次

¡No te pases! 不要太過分！

en persona 面對面

por fin 終於

（四）動詞

我們用了哪些 ar 動詞？

chatear 網路聊天

contestar 回覆

intentar 嘗試

explicar 解釋

molestar 打擾

contar 告訴（一個故事、一件事）

我們用了哪些 er 動詞？

aparecer 出現、顯示

prometer 保證、承諾

mantener 保持

suponer 推測

我們用了哪些反身動詞？

comunicarse 溝通

四 Estructura de la oración 語法與句型

（一）在……的同時／的時候

> **al ＋原型動詞**

請看課文中的例子：

> **Al terminar la clase dijo que iría a su cita.**
> 下課的時候她說她有約。
>
> **Al llegar al lugar, él ya estaba allí.**
> 我到那個地方的時候，他已經到了。

　　Al ＋原型動詞，用來表達「在……的同時／的時候」，跟cuando... 的用法差不多，上面這兩句課文當中的句子，也可以改寫為：Cuando terminó la clase, dijo que iría a su casa. 或Cuando llegué al lugar, él ya estaba allí.

實戰演練：請用 al ＋原型動詞完成對話。

1. 老闆等出去開會的員工回辦公室：

    Jefe: ¿Por qué has llegado tan tarde?

    Empleado: Al _____, ya vine aquí inmediatamente. Es
    　　　　　que había mucho tráfico.

2. 兩個同事之間聊天：

    Compañero de trabajo: ¿Qué hiciste cuando terminaste la universidad?

    Yo: Al _____ la universidad, _____.

3. 兩夫妻在外面忙了一整天，很累：

    Esposa:¡Qué cansada estoy! No he parado todo el día.（parar停下來）

    Esposo: Al _____,
    　　　　báñate y acuéstate.

4. 兩個一起旅行的夥伴，搭火車移動中：

   Amigo 1: No hemos reservado hotel en esta ciudad.

   Amigo 2: Ahora en el tren no hay señal. Al _____,

   vamos a _____ primero.

（二）他說／某人說……

Dijo que ＋一個子句（間接轉述，轉告別人說的話）

　　這一課出現很多這種間接轉述的句子，在這個情況下decir這個動詞都是過去式的型態「dijo」，也就是「過去那時候說」，不過後面接的子句，時態則有兩種，分別是：

　　第一種：他那時候說，之後可能會去做某件事，「某件事」當時還沒發生，我們可以把它理解為「過去那時候的未來」，這時候dijo que後面接的那個子句，會用條件式來表達，如下面例句紅色的部分。

　　請看課文中的例子：

> **Dijo que iría a su cita.**
> 她說她會去赴約。（她說的那個時候，還沒去赴約）

　　上面這句，說的是還沒發生的事情，間接轉述的時候，子句會以「條件式」呈現。

7

第二種：他那時候說要做⋯⋯事，說的那件事情是在他說話當下同時發生，或者就是一個事實，這種情況，Dijo後面的子句，會用「未完成過去式」來表達。

請看課文中的例子：

> **¿Te dijo dónde era la cita?**
> 她有跟你說她的約是在哪裡嗎？（她說的那個時候，也已經知道約會地點了）
>
> **Dijo que prefería mantenerlo en secreto.**
> 她說她比較想要保密。（她說的那個時候，同時也表想保密，兩件事都發生在同個過去的時間點）
>
> **Dijo que ya iba a su casa.** 她說她要回家了。
> （她說的那個時候，同時也要回家了，兩件事都發生在同個過去的時間點）
>
> **Dijo que no quería darme presión.**
> 他說不想給我壓力。（他說的那個時候，同時也表不想給我壓力，兩件事都發生在同個過去的時間點）

　　上面四句，說的都是在說話的時候同時發生的事，間接轉述的時候，子句會以「未完成過去式」呈現。

　　下面我們來練習看看「轉述」這些人說的話，給另一個人聽。

 實戰演練：請用 Dijo que 來練習轉述，請注意轉述內容是說話的當下同時發生（用未完成過去式），或是說話之後才要發生（用條件式）！

1. Fernando: Vuelvo a intentar en un rato.

   ¿Qué dijo Fernando?

   → _____ .

2. Jefe: Mañana tenemos una videoconferencia con España.

   ¿Qué dijo el jefe?

   → _____ .

3. Maestro: Tenéis que llegar a tiempo todos los días.

   ¿Qué dijo el maestro?

   → _____ .

4. Bárbara: Quiero ir al parque con mis hermanos.

   ¿Qué dijo Bárbara?

   → _____.

5. Secretaria: Os explico los detalles mañana en la reunión.

   ¿Qué dijo la secretaria?

   → _____.

（三）保持在……的狀態

mantener en

請看課文中的例子：

> **Dijo que prefería mantenerlo en secreto.**（lo代替的是約會地點）
> 她說她比較想要保密，這樣比較有隱私。

常搭配使用的詞組有：

- mantener en secreto 保密

- mantener en privado 保持在私下（不公開）

- mantenerse en forma （自己）保持身材

- mantenerse en contacto （互相）保持聯絡

實戰演練：請用 mantener en... 完成對話。

1. 男女朋友在討論何時要向雙方父母公開關係：

   A: ¿Por qué no le dices a tu madre que somos novios?

   B: Prefiero _____.

2. 兩個朋友在聊天，其中一個想講祕密，叫朋友要保密：

   Amiga 1: Te voy a decir algo importante, pero no lo puedes decir a nadie.

   Amiga 2: Vale, lo voy a _____.

3. 主管和職員討論機密合約：

El jefe: No podemos contar ningún detalle del contrato a nadie.

El empleado: Vale, lo vamos a _____.

4. 某人去看減重門診：

Doctor: Está muy gordo, tiene que bajar de peso.

Paciente: ¡Qué presión! ¿Qué me recomienda?

Doctor: Tienes que hacer deporte para _____.

5. 兩個久未見面的朋友在百貨公司巧遇：

Amigo 1: ¡Qué sorpresa! ¿Qué haces por aquí?

Amigo 2: ¡Cuánto tiempo! Dame tu LINE para _____.

Amigo 1: Sí, claro.

（四） 繼續＋做某事

seguir ＋現在分詞

請看課文中的例子：

> **¿Seguimos esperando?**
> 我們繼續等嗎？
> **Sigue contando.**
> 繼續說！

現在分詞指的是現在進行式的變化：ar→ando, er→iendo, ir→iendo（詳細動詞變化可參考《我的第三堂西語課》第零課）

在句子當中，seguir按照六個人稱及時態變化，後面接的動作就用「現在分詞」，表示「繼續做某事」，例如：

• Tomé un curso de baile hace muchos años, ahora por el trabajo, ya no sigo bailando.
多年前我上過舞蹈課，現在由於工作，我就沒有繼續跳舞了。

- ¿Seguirás aprendiendo español el próximo año?

  你明年還會繼續學西班牙語嗎？

- ¡Cuánto tiempo sin verte! ¿Sigues trabajando en la misma empresa?

  好久沒看到你了！你還繼續在同樣的公司上班嗎？

 實戰演練：請用 seguir ＋現在分詞（現在進行式）完成對話。

1. 打電話給某人一直沒接，朋友叫你再打：

   Amiga 1: Ya le he llamado varias veces, no me contesta.

   Amiga 2: _____, necesitamos su respuesta hoy.

2. 兩個朋友打算在新的一年，繼續進行之前的計畫：

   Amigo 1: ¿Vas a seguir _____ el próximo año?

   Amigo 2: Sí, claro, ¿tú no?

3. 某人回到家，發現室友在彈鋼琴，請他繼續彈：

   Compañera 1: ¿Te molesta que yo toque el piano?

   Compañera 2: No, no me molesta para nada. _____.

4. 朋友一直鬼打牆講一樣的話題：

   Amigo 1: ¿Por qué _____ lo mismo? Ya lo has dicho

   mil veces.

   Amigo 2: ¿Ah, sí? No me daba cuenta.

7

（五）再……一次

volver a ＋原型動詞

請看課文中的例子：

Esperamos un rato y volvemos a escribirle.
等一下再寫（訊息）給她啦！

　　volver單獨一個字的字面義是「回來／回去」，volver a＋原型動詞，用來表達「再做某件事一次」。

實戰演練：請用 volver a ＋原型動詞來完成對話。

1. 兩個人正開始曖昧：

　　Chica: Bueno, me tengo que ir.

　　Chico: ¿Cuándo te puedo _____?（volver用現在式）

2. 跟外國人對話時，有個東西一直沒聽懂，希望對方再解釋一次：

　　Extranjero: Bueno, ¿qué opinas?

　　Taiwanés: De hecho, no te he entendido, _____.

　　　　　　（volver用命令式）

3. 跟外國朋友聯絡時，他告訴你有許多歐洲國家因為疫情再度封城了：

　　Taiwanés: ¿Cómo está la situación en tu país?

　　Extranjero: Fatal, estamos _____ cerrar las ciudades.

　　　　　　（volver用現在進行式）

4. 剛失戀的朋友說他再也不要再交男友了：

　　Amiga 1: Yo sé que estás triste. Pero estás muy joven todavía, seguro que

　　　　　　encontrarás alguien mejor.

　　Amiga 2: En este mundo no existe ningún hombre bueno. Ya nunca más

　　　　　　_____.

　　　　　　（volver用未來式）

（六）讓人停留在……的狀態、讓人去做某件事

dejar ＋人＋狀態

請看課文中的例子：

¿Qué? ¡Nos dejarás sin poder dormir toda la noche!
你要讓我們一整晚睡不著喔！

Dejar後面可以是形容詞，指「讓人停留在……的狀態」。

Dejar後面也可以是動詞，指「讓人去做某件事」，例如：

- Te voy a dejar tranquila, piénsalo bien y avísame.
  我讓你安靜一下，想清楚再通知我。

- Te voy a dejar pensar, avísame lo antes posible. 我讓你想一下，盡快通知我。

  這個句子也常常以命令式出現，例如：

- Déjame dormir un rato. 讓我睡一下。

- Déjame pensar. 讓我想一下。

- Déjame en paz. 讓我平靜一下（不要煩我）。

7

實戰演練：請用 dejar ＋原型動詞／形容詞來完成對話。

1. 媽媽已經陪小孩玩了一整天，很想休息：

   Hijo: Mamá, ¿me puedes leer este cuento?

   Mamá: _____, ya hemos jugado todo el día.

2. 老師問學生一個問題，學生一時忘記，想要再想一下：

   Maestra: ¿Cómo se dice 承諾 en español?

   Estudiante: _____, ahora no me acuerdo.

3. 兩個人一起逛街，某人想要看一件衣服，叫朋友等他讓他看一下：

   Amigo 1: Mira esta camiseta, me gusta. _____ un rato.

   Amigo 2: Bueno, te espero aquí.

4. 兩夫妻在規劃旅行，老婆讓老公選旅館：

   Esposo: ¿Cuál hotel prefieres? ¿El que está cerca del centro o el que está en el campo?

   Esposa: Me da igual. _____ elegir.

Lección

8

¿Qué pasó en la cita?

約會結果如何？

本課學習目標：

1. 過去完成式的用法

2. 簡單過去式和未完成過去式的混用

3. 描述約會、戀愛話題

(*Antes de la clase*)

（上課之前）

Sabrina: Alejandra, nos tienes que contar todo.

Alejandra，妳一定要全部講給我們聽！

Alejandra: Fue mejor de lo que me imaginaba.

比我想像的好！

Daniel: Pero, ¿qué estás hablando? ¿Te quiere o no? Es sencillo.

可是妳在講什麼啦？他到底喜不喜歡妳？就很單純的事啊！

Sabrina: Los hombres no entienden nada. Lo que quiero saber son los detalles. ¿Qué te dijo? ¿Qué ropa llevaba? ¿Te tomó la mano? ¿Os besasteis? ¿En qué quedasteis?

男人真的都不懂啦！我要聽的是細節！他跟妳說什麼？他穿什麼衣服？他有牽你的手嗎？你們有接吻嗎？你們最後約定是怎麼樣？

Daniel: Vamos, cuenta.

快講、快講！

Alejandra: Bueno, está bien. Pero luego me tenéis que decir vuestra opinión.

好啦！可是你們等等要告訴我你們的想法喔！

Daniel y Sabrina: Vale.

好！

Alejandra: Yo llegué unos minutos antes, pero cuando llegué, él ya había llegado. Al principio hablamos sobre la escuela, la clase de español, nuestros planes después del curso y otras cosas.

我提早了幾分鐘到，我到的時候，他已經先到了。我們一開始先講學校的事，西班牙語課、我們上完這個課程之後的計畫，還有一些其他的事。

Sabrina: ¿Y? Al punto mujer, al punto.

然後呢？講重點啦，妳這女人！重點！

Alejandra: Pedimos la cena y después pedimos vino. Cuando me dijo que ya sabía lo que yo había dicho aquella noche en el bar, mi cara se puso roja de vergüenza y pensé en salir de allí.

我們就點晚餐啊！後來還有點酒。他跟我說「他早就知道我那天晚上在酒吧講了什麼」的時候，我臉都紅了，超尷尬，好想離開現場。

Sabrina: ¿Y qué más te dijo?

他還有跟妳說什麼？

Alejandra: Dijo que no había querido hablar conmigo antes para no darme presión. Y me confesó que él también sentía algo por mí desde el primer día que nos vimos.

他說他不想給我壓力，所以之前不想找我談。他也有承認他第一天看到我的時候就對我有感覺了。

Daniel: ¡Te lo dije! ¡Te lo dije!

我就說吧！我就說吧！

Sabrina: Anda, tú. Sabelotodo.

對啦、對啦！你什麼都知道啦！

Daniel: Sigue, sigue.

繼續、繼續！

Alejandra: Me preguntó si quería intentar salir juntos después del curso para saber si nuestra relación podría funcionar. Sugirió viajar alrededor de España por dos semanas o un mes y tener tiempo para conocernos mejor.

他問我課程結束之後要不要就試著約會，看看我們的關係有沒有辦法走下去。他提議一起在西班牙旅行兩個星期或一個月，這樣可以有時間互相認識彼此。

Sabrina: ¿Viajar juntos por España? ¡Qué romántico!

一起在西班牙旅行嗎？好浪漫喔！

8

Daniel: ¿Qué le respondiste?

Alejandra: Le dije que tenía que hablar con mi familia primero. Ellos me están esperando en Taiwán y tengo que inventar una excusa para quedarme. No quiero contarles nada, ya que no hay nada seguro todavía. Pero me parece una buena oportunidad para encontrar mi futuro.

Sabrina: ¿Os besasteis? ¿Tomasteis fotos?

Daniel: Justo eso iba a preguntar.

Alejandra: No, nada de eso. Pero me acompañó hasta mi casa y cuando llegué a mi habitación, lo vi desde la ventana. ¡Él me esperó para despedirse! Eso me pareció súper lindo.

Daniel: ¡Mirad la hora! Ya es la hora de clase. Nos sigues contando después de clase.

妳怎麼回覆他？

我跟他説我要先跟我家人討論一下，我家人在台灣等我，我得編個藉口，才能留下來（在西班牙）。由於一切都還沒確定下來，我還不想跟家人説關於他的事，可是我覺得這是一個可以讓我找到未來（幸福）的好機會。

你們接吻了嗎？有拍照嗎？

我正想要問這個！

沒有，這些都沒有，可是他有一直陪我走到我家，我回到我房間後，從（我房間）窗戶看到他，他還有在樓下等我跟我告別，這我覺得超棒的！

你們看時間啦！上課時間到了！妳課後再繼續跟我們説喔！

二 Preguntas del texto 課文閱讀理解練習

1. ¿Quién llegó primero a la cita?

2. ¿De qué habló Alejandra con el chico?

3. ¿Por qué la cara de Alejandra se puso roja?

4. ¿Qué siente el chico por Alejandra?

5. ¿Por qué el chico no había hablado antes con Alejandra?

6. ¿Qué le propuso el chico a Alejandra?（proponer提議）

7. Tú que Alejandra, ¿aceptarías esa propuesta? ¿Por qué?

8. Normalmente, ¿llegas temprano a una cita? ¿Por qué?

9. ¿Qué hizo de especial el chico cuando acompañó a Alejandra a su casa?

10. Para ti, ¿qué es lo más importante en una primera cita? ¿Por qué?

8

三　Vocabulario 生詞

▶ MP3-16

（一）名詞

el detalle　細節	el punto　重點
la ventana　窗戶	la presión　壓力
la vergüenza　尷尬、不好意思、羞愧	el sabelotodo / la sabelotodo 自以為什麼都知道的傢伙
la excusa　藉口	

（二）形容詞

sencillo/a　簡單的、單純的	lindo/a　漂亮的、美好的

（三）副詞

alrededor de　在……附近

（四）片語

al principio　一開始

（五）動詞

我們用了哪些 ar 動詞？

confesar　承認	intentar　嘗試、企圖
funcionar　運作、有功用、有效	acompañar　陪伴
inventar　發明、編造	

我們用了哪些 er 動詞？

responder　回覆	parecer　認為、似乎

我們用了哪些 ir 動詞？

salir juntos 約會、一起出去　　　　　　sugerir 建議

我們用了哪些反身動詞？

ponerse roja 臉紅　　　　　　despedirse 道別

四 Estructura de la oración 語法與句型

（一）我想要_____的是……

> Lo que quiero _____ es...

請看課文中的例子：

Lo que quiero saber son los detalles.
我想要知道的是細節。

　　Lo que指的是「那件事」，也就是中文翻譯中的「的」，通常對話中，對方講的話不符合原本預期的時候，就會用這句來接。

實戰演練：請用 Lo que quiero...es... 來完成對話。

1. 女朋友追問男朋友前一天行程：

   Novia: ¿A dónde fuiste anoche? Te llamé varias veces.

   Novio: No fui a ningún lugar. No pienses mucho. ¿Por qué sospechas（懷疑）
   tanto?

   Novia: ¿Quién dijo que estoy sospechando? Lo que _____.

2. 老闆期待員工可以更快把工作完成：

   Jefe: ¿Cómo vas con el proyecto?

   Empleado: Estoy buscando información estos días. Yo calculo terminar en 2 días
   más.

   Jefe: ¿2 días todavía? Lo que _____.

3. 旅客向飯店人員質問，為什麼無故取消他們的預定：

Recepcionista: Lo siento, tu reservación ha sido cancelada.

Turista: ¿Pero, por qué? ¿Cómo es posible?

Recepcionista: Lo siento, pero ya está todo lleno esta noche. No te puedo ayudar en nada.

Turista: Pero lo que _____.

4. 客人向餐廳服務生確認他點的餐素食者可不可以吃：

Cliente: ¿Qué contiene（包含）este plato?

Camarero: Zanahoria, pimiento y repollo. ¿Quieres que te traiga un menú en inglés?

Cliente: No, no es necesario. Lo que quería saber es _____.

（二）過去完成式（Pluscuamperfecto）

請看課文中的例子：

> **Cuando llegué él ya había llegado.**
> 我到的時候，他已經到了。
> （「我到達」是過去發生的事，可是「他到達」是「更之前的時間」發生的事）
>
> **Ya sabía lo que yo había dicho aquella noche en el bar.**
> 他早就知道我那天晚上在酒吧講了什麼。
> （「他早就知道」是過去發生的事，可是「我那天晚上在酒吧喝酒後吐真言」是「更之前的時間」發生的事）
>
> **Dijo que no había querido hablar conmigo antes para no darme presión.**
> 他說他不想給我壓力，所以沒有先找我談。
> （「他說」是過去發生的事，可是「他不想給我壓力」是「更之前的時間」發生的事）

8

　　「過去完成式」簡單來說就是「過去的過去」，用來表達「在以前某個時間點『之前』」發生的事。

「過去完成式」的動詞結構很簡單，就是 haber的「未完成過去」型態，加上動詞改為「現在分詞」型態。以下列表舉例：

過去完成式規則動詞

	haber	AR encontrar （遇到、找到）	ER coger （搭乘、拿）	IR salir （出去）
Yo	había	encontrado	cogido	salido
Tú	habías	encontrado	cogido	salido
Él / Ella / Usted	había	encontrado	cogido	salido
Nosotros / Nosotras	habíamos	encontrado	cogido	salido
Vosotros / Vosotras	habíais	encontrado	cogido	salido
Ellos / Ellas / Ustedes	habían	encontrado	cogido	salido

不規則的動詞則和現在完成式的完全相同，結尾只有兩種：cho跟to（除了下表中的最後一個字imprimir之外），建議不用再分類、硬記，直接靠著問答對話反覆練習成為自然反應最好。

8

更多過去完成式用法的說明，請掃描這個QR Code看教學影片

常見的過去完成式不規則動詞

原型動詞	過去完成式
hacer（做）	había hecho
decir（告訴）	había dicho
escribir（寫）	había escrito
freír（炒、炸）	había frito
ver（看）	había visto
poner（穿、放）	había puesto
abrir（打開）	había abierto
romper（弄壞／弄破）	había roto
morir（死）	había muerto
volver（回來／回去）	había vuelto
imprimir（列印）	había impreso

實戰演練：請用過去完成式回答問題。

1. 我到的時候，電影已經開始了：

   A: Fuiste al cine, ¿no? ¿Qué tal la película?

   B: _____

2. 我去買iPhone的時候，已經都賣光光了：

   A: ¿Pudiste comprar el nuevo iPhone?

   B: _____

3. 我打給他的時候，他已經睡了：

   A: ¿Llamaste a tu hermana al final?

   B: _____

4. 我想起來的時候，聚會已經結束了（忘了自己有約）：

   A: ¿No fuiste a la reunión con tus compañeros?

   B: _____

8

（三）我本來正要⋯⋯

請看課文中的例子：

Justo eso iba a preguntar.
我本來正要問這個。

Iba是ir的未完成過去式，iba a＋原型動詞，用來表達「原本要做某件事，後來沒做」，例如：

- Iba a salir, pero empezó a llover, mejor me quedo en casa.

  （我本來要出去，可是後來下雨了，還是待在家裡好了。）

- Ya se iban a casar, pero a final cortaron por algo, una lástima.

  （他們本來已經要結婚了，可是最後由於某些事情分開了，很遺憾！）

實戰演練：請用 iba a ＋原型動詞完成下面對話。

1. 老公問老婆怎麼沒買晚餐：

   A:　¿Por qué no compraste la cena?

   B:　＿＿＿＿＿＿＿＿＿＿＿＿＿＿＿＿

2. 問室友怎麼還沒打掃：

   A:　¿Por qué no has limpiado todavía?

   B:　＿＿＿＿＿＿＿＿＿＿＿＿＿＿＿＿

3. 老師問學生怎麼沒做作業：

   A:　¿Por qué no has hecho la tarea?

   B:　＿＿＿＿＿＿＿＿＿＿＿＿＿＿＿＿

4. 問本來要出國讀書的朋友怎麼不去了：

   A:　¿No ibas a estudiar en el extranjero este año? ¿Ya no vas a ir?

   B:　＿＿＿＿＿＿＿＿＿＿＿＿＿＿＿＿

8

（四）簡單過去式、未完成過去式混用

簡單過去式和未完成過去式常常在一段話當中一起混用。簡單過去式用在：明確時間點的、動態的、短時間的「動作」。未完成過去式用在：沒有明確時間點的、靜態的、長時間的「狀態」。

至於多久是長時間、多久是短時間，沒有一個固定標準的答案，長短常常是相對的，我們可以看下面課文中的例子感受一下：

Fue mejor de lo que me imaginaba.

比我想像的好！

（fue的原型是ser（是），這件事情的結果「是」比想像的好，「結果」出來的時間點是過去明確的某個時間點。「想像」則是在約會之前一直想了很久的過程。）

¿Qué ropa llevaba? ¿Te tomó la mano? ¿Os besasteis? ¿En qué quedasteis?

他穿著什麼？他有牽你的手嗎？你們有接吻嗎？你們最後約定是怎樣？

（「衣服穿著」是「長時間」的「狀態」；「牽手」、「接吻」和「決定」是相對「短時間」的「動作」）

Y me confesó que él también sentía algo por mí desde el primer día que nos vimos.

他也有承認我們第一天見到面的時候就對我有感覺了。

（「承認」、「見面」是「短時間」的「動作」；「有感覺」是相對「長時間」的「狀態」；）

Me preguntó si quería intentar salir juntos después del curso.

他問我課程結束之後想不想要就試著約會。

（「問」是「短時間」的「動作」；「想要」是相對「長時間」的「狀態」）

8

實戰演練：請用簡單過去式、未完成過去式完成對話（需練習判斷每個對話情境該用哪種過去式，或者有時需要兩種混用）

1. 住在西班牙的時候，在什麼情況下認識了一個新朋友：

   A:　¿Conociste a amigos nuevos cuando vivías en España?

   B:　_____

2. 問朋友如何約暗戀對象一起去看演唱會的結果：

   A:　¿Qué le dijiste? ¿Le invitaste a salir?

   B:　_____

   A:　¿Y? ¿Te aceptó?

3. 朋友說他沒時間跟我解釋，之後再說：

   A:　Bueno, ¿te explicó lo que pasó?

   B:　_____

4. 跟朋友分享在什麼情況下認識初戀對象：

   A:　¿Cuándo conociste a tu primer amor?

   B:　_____

Lección 9

El último día del curso de español

西班牙語課的最後一天

本課學習目標：

1. 簡單過去式與過去完成式混用

2. por 和 para 的比較

3. 直接受詞、間接受詞的位置

一 Texto 課文

▶ MP3-17

Alejandra: Chicos, he hablado con mi familia y les he dicho que me quedaré en España un mes más para conocer el país.

各位，我跟我家人討論過了，我跟他們說我要在西班牙多待一個月，（為了）多認識這個國家。

Daniel: ¿Qué te han dicho?

他們跟妳說什麼？

Alejandra: Que están de acuerdo con mi plan. De hecho, cuando decidí venir a España, ya me habían dicho que podía quedarme un poco más.

他們同意我的計畫。其實，我決定來西班牙的時候，他們就已經跟我說，我可以待久一點了。

Sabrina: ¿Les has dicho con quién vas a viajar?

妳跟他們說妳要跟誰去旅行了嗎？

Alejandra: Todavía no les he dicho nada.

我什麼都還沒說。

Daniel: ¿Por qué no?

為什麼沒說？

Alejandra: Quiero estar segura si la relación funciona primero. En este viaje vamos a tener tiempo para conocernos mejor.

我想要先確定這關係可以走下去。這個旅行當中，我們會有時間更認識彼此。

Sabrina: ¡Qué emocionante! Espero que todo salga bien.

好令人興奮喔！希望你們一切都很順利！

Alejandra: Yo también. ¡Nunca pensé en la posibilidad de enamorarme en España!

我也希望，我從來沒想過在西班牙有可能談戀愛耶！

Daniel: ¿Qué os parece si vamos a celebrar esta tarde? Hoy es el último día de clases y vale la pena hacer algo especial.

我們下午去慶祝一下吧！你們覺得如何？今天是課程最後一天，值得做點特別的事！

Sabrina y Alejandra: ¡Buena idea!

好主意！

(*Ese día por la tarde en un bar*)

（*這一天下午，在一間酒吧*）

Daniel: Ha sido un mes estupendo.

這個月真的過得好棒喔！

Sabrina: Sí, me ha gustado mucho esta experiencia.

對啊！我很喜歡這個月的體驗！

Daniel: ¡Pero qué rápido ha pasado el tiempo! Todavía me acuerdo del primer día de clases, parece ayer.

可是時間過得真快，我還記得第一天上課的時候，好像昨天一樣！

Alejandra: Os voy a extrañar mucho. Gracias por ser mis amigos.

我會很想念你們的，謝謝你們成為我的朋友！

Daniel: ¡No has bebido nada y ya estás sentimental!

妳都還沒喝耶，就已經這麼感性了喔！

Sabrina: Alejandra, tenemos que seguir en contacto. Nos tienes que contar sobre vuestro viaje.

Alejandra，我們一定要繼續聯絡，妳要跟我們說妳的旅行怎麼樣喔！

Alejandra: Claro, no te preocupes.

當然，別擔心！

9

Daniel: ¡Anda! Han llegado Emilio y el profesor.

哎呀，Emilio跟老師來了！

Emilio: ¡Hola chicos!

大家好！

Profesor: Llamadme Diego. ¿Tan rápido habéis olvidado mi nombre?

叫我Diego吧！這麼快就忘了我的名字嗎？

Sabrina: Claro que lo recordamos. ¿Por qué habéis llegado tarde?

我們當然記得，你們為什麼晚到了呢？

Emilio: Fue mi culpa. Pedí unos documentos, pero no me los habían dado.

是我的錯，我之前跟學校要了一些資料，但一直沒給我。

Diego: No digas eso, no fue nada.

別這麼說，這沒什麼！

Emilio: ¿De qué estáis hablando?

你們在聊什麼呢？

Sabrina: Del viaje de Alejandra y …

聊Alejandra跟……的旅行。

Emilio: ¿Ya todos lo sabéis?

你們都知道了喔？

Diego: Veo que no hay secretos entre vosotros.

我看得出來，你們之間根本沒有祕密了。

Daniel: Jajaja, lo siento, pero este romance ha sido nuestro tema de conversación más importante durante este mes.

哈哈，不好意思，這個羅曼史，已經成為我們這個月以來最重要的話題了。

Alejandra: Anda, que me voy a poner roja de vergüenza otra vez.

哎喲，我又要臉紅了啦！

Diego: Pero si ya todos lo saben, no entiendo por qué te pones roja.

可是大家都知道了啊，我不懂這樣有什麼好臉紅的？

Alejandra: En mi cultura no hablamos de esto tan abiertamente.

在我的文化裡面，這種事不會那麼公開地講的啦！

Diego: Bueno, bueno. Vamos a brindar.

好啦、好啦！我們敬酒吧！

(*Todos levantan una copa de vino*)

（大家都舉起一杯酒）

9

Emilio: ¡Por el curso de español!　　　　　　（因）為西班牙語課程，乾杯！

Diego: ¡Por los estudiantes!　　　　　　　　（因）為學生們，乾杯！

Daniel: ¡Por la escuela!　　　　　　　　　（因）為學校，乾杯！

Alejandra: ¡Por España!　　　　　　　　　（因）為西班牙，乾杯！

Sabrina: ¡Por el amor! ¡Por nosotros!　　　　（因）為愛，（因）為我們乾杯！

Todos: ¡Salud!　　　　　　　　　　　　　乾杯！

1. ¿Qué le ha dicho Alejandra a su familia?

2. Antes de ir a España, ¿qué le había dicho la familia a Alejandra?

3. ¿Por qué Alejandra no ha dicho a sus padres con quién va a viajar?

4. ¿Qué plan tienen Alejandra y sus amigos para esta tarde? ¿Por qué?

5. ¿Cómo has celebrado el final de un curso de universidad o maestría?

6. Alejandra se puso sentimental en la reunión. ¿Cuándo te pones sentimental?

7. ¿Por qué han llegado tarde Emilio y Diego?

8. ¿Has llegado tarde a una fiesta alguna vez? ¿Por qué?

9. ¿Qué te hace ponerte rojo?

10. Normalmente, ¿qué dicen en tu país cuando hacen un brindis（敬酒）?

9

三 Vocabulario 生詞

（一）名詞

la culpa 責任、錯誤　　　el romance 羅曼史　　　el tema 主題、題目

la posibilidad 可能性　　el documento 文件

（二）形容詞

estupendo/a 超棒的　　　　　　sentimental 感性的

seguro/a 確定的　　　　　　　emocionante 令人興奮的

（三）副詞

abiertamente 開放地

（四）片語

estar de acuerdo 同意　　　　vale la pena 值得

de hecho 其實　　　　　　　seguir en contacto 保持聯絡

（五）動詞

我們用了哪些 ar 動詞？

extrañar 想念　　　　　　　　brindar 敬酒、乾杯

olvidar 忘記

四 Estructura de la oración 語法與句型

（一）簡單過去式、過去完成式混用

在前一課我們有學到，「過去完成式」是過去的過去，也就是在過去某件事之前發生的事，所以「過去完成式」很常和「簡單完成式」一起出現，本課課文中有兩句：

Cuando decidí venir a España, ya me habían dicho que podía quedarme un poco más.

我決定來西班牙的時候，他們就已經跟我說，我可以待久一點了。

（「家人告訴我」這件事，比「決定來西班牙」這件事更之前發生）

Pedí unos documentos, pero no me los habían dado.

我之前跟學校要了一些資料，但一直沒給我。

（「學校沒給我文件」這件事，比「跟學校要文件」這件事更之前發生）

實戰演練：請用「簡單過去式」、「過去完成式」完成對話。

1. 西班牙語老師在開學時，問學生過去的經歷：

   Maestro: Cuando empezaste a estudiar español, ¿habías visitado España antes?

   Estudiante: _____

2. 同事之間對話：

   A: Cuando el jefe te llamó, ¿ya habías terminado el reporte?

   B: _____

3. 跟同學八卦他的新對象：

   A: Ayer te vi con la chica nueva de la escuela, ¿la habías conocido antes?

   B: _____

4. 兩個男生在討論感情史：

   A: Cuando conociste a tu esposa, ¿cuántas novias habías tenido?

   B: _____

9

（二）por和para的用法

　　por和para這兩個介系詞很像，por可以翻為「由於；（因）為」，para可以翻為「為了要／能……」，但因為這樣在中文裡還是很像，建議不要直翻中文，而可以把它們理解為por是用來講「前因」，是指原本就存在的事情；para是用來講「後果」，是之後才要發生的結果。

　　課文中出現para的句子：

Les he dicho que me quedaré en España un mes más para conocer el país.
我跟他們說我會在西班牙多待一個月，（為了要）認識這個國家。
（之後才要深入認識這個國家）

En este viaje vamos a tener tiempo para conocernos mejor.
在這個旅行當中，我們會有時間（為了能）可以更認識彼此。
（之後才要開始認識彼此）

　　課文中出現por的句子：

Gracias por ser mis amigos.
謝謝你們（由於）你們當我的朋友。（他們本來就已經是朋友了）

¡Por el curso de español!
（因）為西班牙語課程，乾杯！（西班牙語課程本來就存在了）

¡Por los estudiantes!
（因）為學生們，乾杯！（學生們本來就存在了）

¡Por la escuela!
（因）為學校，乾杯！（學校本來就存在了）

¡Por España!
（因）為西班牙，乾杯！（西班牙本來就存在了）

¡Por el amor! ¡Por nosotros!
（因）為愛、（因）為我們，乾杯！（愛和我們本來就存在了）

9

實戰演練：請根據前後文判斷，用 por 或 para 填空。

1. 店員解釋他們的產品高價是因為品質好：

   Cliente: ¿Por qué es tan caro?

   Dependiente: _____ la calidad. Está hecho a mano. Además, con muy buen material.

2. 朋友問你為什麼要去看西班牙的舞台劇：

   Amigo: ¿Por qué vas a ver el teatro en español? No vas a entender todo.

   Yo: No voy _____ entender, sino _____ disfrutar el ambiente.

3. 兩個朋友討論因為總統選舉結果，股票大跌：

   Amigo 1: ¿Sabes que las acciones（股票）están bajando mucho? ¿Has visto las noticias?

   Amigo 2: Sí, es increíble. Creo que es _____ el resultado de las elecciones de presidente.

4. 朋友問你為什麼要換工作：

   Amigo 1: ¿Por qué decidiste cambiar de trabajo?

   Amigo 2: _____ el salario. Yo sé que aquí no voy a ganar mucho hasta dentro de muchos años.

5. 問朋友為什麼要一直去學東西：

   Amigo 1: ¿Para qué tomas tantos cursos?

   Amigo 2: _____ aprender cosas nuevas. Necesito hacer un cambio en mi vida.

9

（三）受詞的位置

　　一般來說，受詞都放在「變化過的動詞」的前面，不過有三種情況，受詞可以放在動詞後面，分別是：

> 1. 肯定命令式的後面（肯定命令式的受詞「只能」放後面）

> 2. 原型動詞的後面

> 3. 現在進行式的後面

　　本書第六課（第100頁）已經學過這個文法，以下列出本課課文中「受詞在動詞後面」的例子：

Me habían dicho que podía quedarme un poco más.（在原型動詞後面）

他們之前已經跟我說，我可以待久一點。

（這句話也可以說：Me habían dicho que me podía quedar un poco más.）

En este viaje vamos a tener tiempo para conocernos mejor.

這個旅行當中，我們會有時間更認識彼此。

（這句話的nos無法移動，因為這個句子裡面沒有「變化過的動詞」）

Llamadme Diego.

叫我Diego吧！

（這句話的nos無法移動，因為llamad是肯定命令式，受詞「只能」放後面）

　　本課課文下面兩句的受詞雖然出現在動詞前面，不過因為句中有「原型動詞」，所以是可以移到後面的：

Nos tienes que contar sobre vuestro viaje.

妳要跟我說妳的旅行怎麼樣喔！

（也可以說：Tienes que contarnos sobre vuestro viaje.）

Os voy a extrañar mucho.

我會很想念你們的。

（也可以說：Voy a extrañaros mucho.）

9

其餘情況下，受詞都只能在動詞前面出現，以下列出本課課文中「受詞在動詞前面」的例子：

Les he dicho que me quedaré en España un mes más para conocer el país.

我跟家人說了我要在西班牙多待一個月，（為了）多認識這個國家。

¿Qué te han dicho?

他們跟你說什麼？

Me habían dicho que podía quedarme un poco más.

他們之前已經跟我說，我可以待久一點。

¿Les has dicho con quién vas a viajar?

你跟他們說你要跟誰去旅行了嗎？

Todavía no les he dicho nada.

我什麼都還沒說。

Claro que lo recordamos.

我們當然記得！

Pedí unos documentos, pero no me los habían dado.

我之前跟學校要了一些資料，但一直沒給我。

Pero si ya todos lo saben, no entiendo por qué te pones roja.

可是大家都已經知道了啊，我不懂這樣有什麼好臉紅的？

 實戰演練：請填入直接受詞或間接受詞。

1. 老公下班要去跟老婆吃飯時，才發現沒帶錢包：

   Marido: Mi amor, acabo de darme cuenta de que me he olvidado llevar la billetera.

   Mujer: Bueno, _____ _____ voy a llevar a la cena.

   也可以說：

   Mujer: Bueno, voy a llevar_____ a la cena.

2. 老婆進了浴室要洗澡，才發現忘了拿毛巾：

   Mujer: Cariño, no he entrado con toalla, haz_____ el favor.

   Marido: Bueno, _____ _____ llevo, un momento.

3. 學生寫信去問舉辦DELE的機構何時會拿到成績單：

Estudiante: Me gustaría saber cuándo vamos a recibir el resultado.

DELE: _____ _____ vamos a enviar por correo electrónico dentro de 3 meses.

也可以說：

DELE: Vamos a enviar_____ por correo electrónico dentro de 3 meses.

4. 在餐桌上，寄宿家庭家人問你要不要在麵包上加點橄欖油：

Familia anfitriona: ¿Quieres que te eche un poco de aceite de oliva?

Yo: Sí, écha_____, gracias.

（四）兩種「記得」的說法

有兩個動詞都可以用來表達「記得」或「想起來」，意思完全相同：

1. recordar

2. acordarse

課文當中出現過以下兩句：

Todavía me acuerdo del primer día de clases, parece ayer.
我記得第一天上課的時候，好像昨天一樣！
Claro que lo recordamos.
我們當然記得。

9

實戰演練：請用 recordar 或 acordarse 來完成對話。

1. 老師問學生記得上週的功課嗎：

   Maestra: ¿_____ qué fue _____?

   Estudiantes: Sí, claro que _____. La tarea fue investigar las

               escuelas de idioma en España.

2. 看到同事的包包很好看，問他在哪裡買的，可是他忘了：

   Amiga 1: Me gusta tu bolso. ¿Dónde lo compraste?

   Amiga 2: Ya _____.

3. 談到上次幾個朋友喝醉之後吐真言的事：

   Amigo 1: ¿_____ qué dijo José en el bar aquel día después de beber?

   Amigo 2: _____. Dijo que _____.

4. 姊姊在家裡找不到眼鏡，不記得放哪裡了：

   Hermana : ¿Has visto mis gafas? No las encuentro.

   Hermano: Pues no sé. No las he visto. ¿Cuándo las usaste la última vez?

   Hermana: _____.

Lección 10

Un correo de Alejandra

Alejandra 的一封 email

本課學習目標：

1. 關係代名詞 donde 的用法

2. cuando ＋虛擬式的用法

3. 描述旅行狀況

▶ MP3-19

Hola Sabrina y Daniel:

¿Cómo estáis?

Todavía estoy en España. En cinco días regresaré a Taiwán. Me muero por ver a mi familia y contarles todo lo que he aprendido y conocido aquí. Pero quería escribiros primero y poneros al día con nuestro viaje.

Empezamos el viaje al día siguiente de la última vez que nos vimos en el bar. Me despedí de Ángela, Paula y toda la familia. Les conté del viaje y se alegraron por mí.

Primero fuimos a Valencia para ver Las Fallas. Luego fuimos a Madrid y las ciudades pequeñas alrededor, Toledo, Ávila y Segovia. La que me sorprendió más fue Segovia, el acueducto es impresionante. Dentro de 3 días vamos a regresar a Granada por mis maletas y salir de España.

哈囉，Sabrina、Daniel：

你們好嗎？

我還在西班牙，五天後就要回台灣了！超想看到家人、並且告訴他們我在西班牙學到的、認識到的一切。可是我想先寫信給你們，跟你們更新旅行的狀況。

我們上次在bar見面的隔天，就去旅行了。我向寄宿家庭的Ángela、Paula和全家人道別，我跟他們說了旅行的事，他們很替我高興。

首先我們先去瓦倫西亞看法雅火節，之後我們去了馬德里，還有附近的小城市，托雷多、阿維拉和塞哥維亞，讓我最驚奇的是塞哥維亞，水道橋太震撼了！3天後我們會回格拉納達去拿行李，然後離開西班牙。

10

Ha sido un viaje muy divertido, aunque hemos discutido por algunas cosas pequeñas. Por ejemplo, me ha preguntado por qué no me baño en la mañana y yo le he preguntado por qué no se baña en la noche. Pero el choque cultural es normal en parejas de diferentes países.

雖然我們有一些小爭執，旅行還是蠻有趣的。比如說，他有問我為什麼我早上都不洗澡，而我問他為什麼晚上都不洗澡，但是異國情侶的文化衝擊，應該是很正常啦！

Hemos hablado sobre nuestros sentimientos, futuro y oportunidades. Hemos tomado una decisión. Vamos a intentar una relación a distancia por un tiempo para estar seguros de lo que sentimos. Si todo va bien, en sus próximas vacaciones él irá a Taiwán.

我們談了很多我們的感受、未來和機會。我們做了一個決定：試試看維持遠距一段時間，確認一下雙方對彼此的感覺，如果一切都順利，他下一次休假就會去台灣。

Ya veremos lo que pasa. La verdad es que para ambos es un gran cambio.

我們到時候看看會怎麼樣吧！事實上這對兩個人來說都是一個很大的轉變！

Cuando llegue a Taiwán, os escribiré. Espero que podáis visitarme en Taiwán muy pronto, será una alegría volver a vernos.

我到台灣的時候再寫信給你們！希望你們很快能來台灣找我，如果能再見面一定會很開心！

Abrazos,

很多擁抱！

Alejandra y Diego

Alejandra和Diego

Lo que Alejandra no sabe es que en Taiwán le está esperando alguien de su pasado que le puede traer otro cambio más grande.

Alejandra不知道的是，在台灣還有個跟她過去有關的人，將會給她帶來更大的改變。

10

二 **Preguntas del texto** 課文閱讀理解練習

1. ¿Quién es el novio de Alejandra?

2. ¿Por qué la familia anfitriona se alegró por Alejandra?

3. ¿Qué ciudades visitaron en el viaje?

4. ¿Por qué han discutido en el viaje?

5. ¿Puedes describir una costumbre que es diferente entre Taiwán y España?

6. ¿Considerarías tener una pareja de otro país? ¿Por qué?

7. En tu opinión, ¿en qué podría trabajar Diego en Taiwán?

8. Cuando discutes con tu pareja, ¿por qué discutís?

9. ¿Cuál crees que sería el choque cultural más fuerte para Diego en Taiwán?

10. En tu opinión, ¿quién estará esperando a Alejandra en Taiwán?

三 Vocabulario 生詞

（一）名詞

▶ MP3-20

al día siguiente 隔天

el choque cultural 文化衝擊

el sentimiento 感受

la oportunidad 機會

la maleta 行李

el acueducto 水道橋

（二）形容詞

increíble 不可思議的

impresionante 印象深刻、震撼的

avanzado/a 進階的

emocionado/a 興奮的

divertido/a 好玩的

（三）連接詞

aunque 雖然

primero...luego... 首先……然後……

（四）動詞

我們用了哪些 ar 動詞？

regresar 回到

我們用了哪些 er 動詞？

poner al día 更新、跟上進度

sorprender 使……驚訝

我們用了哪些 ir 動詞？

discutir 爭論、討論

我們用了哪些反身動詞？

alegrarse 為……開心

comunicarse 溝通

morirse 死亡

despedirse 道別

10

四 Estructura de la oración 語法與句型

（一）我超想要……（想到快死了）

> Me muero por ＋原型動詞

請看課文中的例子：

Me muero por ver a mi familia y contarles todo lo que he aprendido y conocido aquí.
超想看到家人、並且告訴他們我在西班牙學到的、認識到的一切。

 實戰演練：請用 Me muero por... 完成對話。

1. 兩個剛跑完馬拉松的朋友：

   Amigo 1: Tengo mucha sed.

   Amigo 2: Yo también, _____.

2. 兩個女生，在聊一個流行音樂會：

   Amiga 1: ¿Quieres ir al concierto de Marc Anthony conmigo?

   Amiga 2: ¡¡¡Sí!!! _____.

3. 兩個住在台灣的拉丁美洲學生：

   Estudiante 1: ¿Extrañas la comida de tu país?

   Estudiante 2: Claro, _____.

4. 兩個工作量超大的上班族：

   Amigo 1: Hemos tenido mucho trabajo este mes. Necesito un descanso.

   Amigo 2: _____.

10

（二）更新、跟上進度

poner al día

若是「向他人更新進度」，直接加受詞即可，如課文中的poneros al día。若是自己一人或兩人互相更新進度，則要用反身動詞ponerse al día來做動詞變化。

請看課文中的例子：

Pero quería escribiros y poneros al día con nuestro viaje.

可是我想先寫信給你們，跟你們更新狀況，也告訴你們旅行的事。

 實戰演練：請填入 poner(se) al día 完成對話，注意不同情境下可能需要不同時態。

1. 一個學生跟一個老師在課堂上說話：

   Estudiante: Maestro, la semana pasada no vine a clase.

   Maestro: El examen es la próxima semana, ＿＿＿＿＿＿＿＿＿＿＿＿＿.

2. 兩個好久不見的朋友巧遇：

   Amigo 1: ¡Hola! ¡Cuánto tiempo!

   Amigo 2: ¡Sí! Tenemos que ＿＿＿＿＿＿＿＿＿＿＿＿＿.

3. 兩個女生朋友在聊一個男的：

   Amiga 1: ¿Sigues saliendo con Luis?

   Amiga 2: No, terminamos el mes pasado. Llevamos mucho tiempo sin vernos,

   tenemos que ＿＿＿＿＿＿＿＿＿＿＿＿＿.

4. 兩個朋友在聊一個電視影集：

   Amigo 1: ¿Has visto el episodio de esta semana?

   Amigo 2: Todavía no. Tengo que ＿＿＿＿＿＿＿＿＿＿＿＿＿.

10

（三）我學西班牙語的（那個）學校（關係代名詞donde）

> la escuela donde yo estudiaba español

請看課文中的例子：

Le he dicho que en la escuela donde yo estudiaba español, también tienen clases de chino.
跟他說我在台灣學西班牙語的學校也有中文課。

donde在這裡是關係代名詞的功用，用來說明指的是那個「學校」，下面提供類似用法的例子：

- La empresa donde yo trabajaba es la más grande de Taiwán.
  我之前工作的公司是全台灣最大的。

- La ciudad donde yo vivía hace mucho frío en el inverno.
  我之前住的城市冬天超冷。

- La universidad donde yo estudiaba está en el sur de México.
  我之前讀的大學在墨西哥南部。

實戰演練：請用 donde... 完成對話。

1. 兩個朋友在討論找工作的事：

   Amigo 1: ¿Dónde te gustaría trabajar?

   Amigo 2: Me gustaría trabajar en una empresa _____.

2. 兩個朋友在討論不喜歡怎麼樣的城市：

   Amigo 1: ¿Por qué no te gusta ir a una ciudad grande?

   Amigo 2: No me gusta una ciudad _____.

3. 兩個女生朋友在討論她們剛結束的旅行：

   Amiga 1: El hotel donde estaba tiene sauna（三溫暖）privado.

   Amiga 2: El hotel _____, pero _____.

10

4. 兩個朋友在討論餐廳：

Amigo 1: ¿Qué tipo de restaurante prefieres?

Amigo 2: Prefiero un restaurante _____.

（四）他們很為我高興

se alegraron por mí

請看課文中的例子：

Les conté del viaje y se alegraron por mí.

我跟他們說了旅行的事，他們很替我高興。

實戰演練：請填入 alegrarse por... 完成對話，注意不同情境下可能需要不同時態。

1. 兩個朋友在聊出國讀書的事：

Amigo 1: ¿Le has dicho a tu madre que vas a estudiar en el extranjero?

Amigo 2: Sí, ella _____.

2. 兩個朋友在聊他們的小孩要出國讀書的事：

Amiga 1: ¿Es cierto que tu hijo va a estudiar en el extranjero?

Amiga 2: Sí, se va el próximo mes. Yo _____.

3. 兩個朋友在聊一個瘋狂的前女友：

Amigo 1: He terminado con María. Era muy posesiva（佔有慾強的）y me daba

mucha presión.

Amigo 2: Te entiendo, _____.

4. 兒子跟媽媽聊天：

Hijo: Mamá, mi esposa está embarazada（懷孕的）, vamos a tener un hijo.

Mamá: ¡Qué buena noticia! Me _____.

10

（五）雖然

aunque

請看課文中的例子：

Ha sido un viaje muy divertido, aunque hemos discutido por algunas cosas.
雖然我們有一些小爭執，旅行還是蠻有趣的。

 實戰演練：請參考括弧內的提示，用 aunque 來完成對話。

1. 兩個朋友在聊他們的工作：

   Amigo 1: ¿Te gusta tu trabajo?

   Amigo 2: No mucho. _____.

   （buen salario薪水好；aburrido無聊）

2. 兩個女生朋友在聊一個男的：

   Amiga 1: He escuchado que tienes novio. ¿Cómo es?

   Amiga 2: _____.

   （romántico浪漫；vago懶惰）

3. 兩個男生在聊車子：

   Amigo 1: ¿Este coche nuevo que compraste solo te costó 10,000 euros? ¡Qué barato!

   Amigo 2: _____.

   （barato便宜；demasiado pequeño太小）

4. 兩個外國學生在聊他們家鄉的城市：

   Estudiante 1: ¿Cómo es tu ciudad? He oído decir que es muy tranquila, ¿es cierto?

   Estudiante 2: _____.

   （tranquila寧靜；mucho viento風很大）

10

（六）到……的時候，再……

未來式，cuando ＋虛擬式

請看課文中的例子：

Cuando llegue a Taiwán, os escribiré.
我到台灣的時候再寫信給你們！

「到台灣的時候」，是一個未來不確定什麼時候會發生的時間，這樣的情況下，cuando後面的動詞要用虛擬式，而不是未來式喔！下面舉幾個類似的例子參考：

- Cuando tenga dinero suficiente, compraré una casa.
  等我錢夠的時候，就買房子。（什麼時候錢真的會夠？沒有確定的時間）

- Cuando quieras hablar con alguien, llámame.
  你想要找人說說話的時候，打給我。（什麼時候會想要找人說說話？沒有確定的時間）

- Cuando puedas venir a mi casa, avísame.
  你可以來我家的時候，通知我！（什麼時候會可以來我家？沒有確定時間）

- Cuando seas una madre, vas a entender.
  等你當媽媽的時候，你就懂了！（什麼時候你會當媽媽？沒有確定的時間）

10

實戰演練：請用 cuando ＋虛擬式來完成對話。

1. 爸媽問小孩長大以後想做什麼：

   Padres: ¿Qué quieres ser cuando seas grande?

   Niña: Quiero ser una _____ cuando _____ (ser) grande.

2. 跟朋友催欠錢：

   Amigo 1: Pero, ¿cuándo vas a devolverme el dinero?（devolver歸還）

   Amigo 2: Cuando me _____ (pagar) el salario de este mes, te lo

         devolveré.

3. 跟工作夥伴説隨時有空開會：

   Compañero 1: ¿A qué hora te conviene hacer la videoconferencia?

   Compañero 2: Voy a estar libre toda la tarde, cuando _____.

4. 説要結婚説了很久的朋友都還沒有動作：

   Amiga 1: ¿Cuándo te vas a casar? ¿No ibas a casarte el año pasado?

   Amiga 2: Mi novio dice que prefiere casarse cuando _____.

         ¡Quién sabe cuándo!

10

國家圖書館出版品預行編目(CIP)資料

我的第四堂西語課 / 游皓雲、洛飛南（Fernando López）著
-- 初版 -- 臺北市：瑞蘭國際有限公司, 2022.05
220面；19 × 26公分 --（外語學習；105）
ISBN：978-986-5560-70-6（平裝）
1.CST: 西班牙語 2.CST: 讀本

804.78   111004860

外語學習 105

我的第四堂西語課

作者｜游皓雲、洛飛南（Fernando López）
責任編輯｜鄧元婷、王愿琦
校對｜游皓雲、洛飛南（Fernando López）、鄧元婷、王愿琦

西語錄音｜游皓雲、洛飛南（Fernando López）
錄音室｜采漾錄音製作有限公司
封面設計、版型設計、內文排版｜陳如琪
美術插畫｜Julio Areck Chang & pikisuperstar / Freepik｜www.behance.net/julioareck

瑞蘭國際出版
董事長｜張暖彗 · 社長兼總編輯｜王愿琦
編輯部
副總編輯｜葉仲芸 · 主編｜潘治婷 · 副主編｜鄧元婷
設計部主任｜陳如琪
業務部
經理｜楊米琪 · 主任｜林湲洵 · 組長｜張毓庭

出版社｜瑞蘭國際有限公司 · 地址｜台北市大安區安和路一段 104 號 7 樓之 1
電話｜(02)2700-4625 · 傳真｜(02)2700-4622
訂購專線｜(02)2700-4625 · 劃撥帳號｜19914152 瑞蘭國際有限公司
瑞蘭國際網路書城｜www.genki-japan.com.tw

法律顧問｜海灣國際法律事務所　呂錦峯律師

總經銷｜聯合發行股份有限公司 · 電話｜(02)2917-8022、2917-8042
傳真｜(02)2915-6275、2915-7212 · 印刷｜科億印刷股份有限公司
出版日期｜2022 年 05 月初版 1 刷 · 定價｜480 元 · ISBN｜978-986-5560-70-6

Un viaje a Sevilla con compañeros de clase

跟同學一起到塞維亞旅行

二、課文閱讀理解練習

1. ¿Cuánto tiempo llevan del curso de español? ¿Y cuánto tiempo queda?

    他們上西班牙語課多久了，還剩多少時間？

    Llevan 2 semanas del curso de español. Quedan 2 semanas.

    他們上西班牙語課兩星期了，還剩兩星期。

2. ¿Cómo quieren aprovechar el tiempo que queda en Granada?

    他們想要怎麼好好利用在格拉納達剩下的時間？

    Quieren aprovechar el tiempo que queda para viajar más.

    他們想要好好利用在格拉納達剩下的時間多旅行。

3. ¿Por qué no van a Sevilla el viernes al mediodía?

    他們為什麼不星期五中午就去塞維亞？

    Porque la familia anfitriona de Sabrina la va a llevar a almorzar.

    因為Sabrina的寄宿家庭要帶她去吃午飯。

4. ¿Qué es BlaBlaCar?

    BlaBlaCar是什麼？

    Es un sistema de coche compartido.

    是一個共乘汽車的系統。

5. ¿Se puede usar BlaBlaCar para viajar dentro de Madrid?

    在馬德里城市中旅行的話可以搭BlablaCar嗎？

    No se puede, solo se puede entre 2 ciudades diferentes.

    不行，只有在不同城市之間的移動可以。

6. ¿Cómo fue la experiencia de Daniel con BlaBlaCar?

    Daniel之前搭BlablaCar的經驗怎麼樣？

    Fue muy buena, lo ha usado 2 veces.

    經驗很好，他搭過兩次。

7. ¿Te interesa probar BlaBlaCar? ¿Por qué?

    你有興趣試試看BlaBlaClar嗎？為什麼？

Me interesa probar, porque puedo practicar más español.
我有興趣試試看，因為這樣可以多練習西班牙語。

No me interesa probar, porque prefiero no hablar con nadie cuando viajo.
我沒興趣試，因為我旅行的時候不想跟任何人講話。

8. ¿Por qué Daniel no va a Sevilla con Alejandra y Sabrina?
為什麼Daniel不跟Alejandra和Sabrina一起去塞維亞？

Porque Daniel ya ha ido con su familia anfitriona.
因為Daniel已經和他的寄宿家庭去過了。

9. ¿Cómo se dividen las tareas Alejandra y Sabrina para preparar el viaje a Sevilla?
Alejandra和Sabrina怎麼分配去塞維亞的準備工作？

Alejandra va a reservar el BlaBlaCar, y Sabrina va a buscar un Airbnb en Sevilla.
Alejandra預約BlaBlaCar，Sabrina找塞維亞的Airbnb。

10. ¿Por qué Alejandra no ha hablado con el chico?
為什麼Alejandra還沒找那個男生談？

Porque cada vez que lo ve, se pone roja y prefiere ir a otro lugar.
因為她每次看到他都臉紅，然後就想逃離現場了。

四、語法與句型

（一）剩下

實戰演練：請用quedar＋一段時間／數量完成句子。

1. A: ¿Qué estás haciendo?
   你在做什麼？

   B: Me estoy maquillando.
   我在化妝。

   A: ¡Date prisa! Solo quedan 30 minutos para el concierto.
   快一點，只剩30分鐘演唱會就要開始了。

2. A: Dos entradas por favor.
   兩張票，麻煩你。

B: ¡Habéis llegado tarde! Solo <u>quedan asientos de la última fila, ¿está</u> <u>bien</u>?

你們遲到了，只剩最後一排的位子，可以嗎？

3. A: ¿A dónde has ido? ¿Al supermercado?

你去了哪裡？超市嗎？

B: Sí, ¿pero sabéis qué? Ya no quedaba <u>papel higiénico</u> en el supermercado. ¡Increíble!

對啊，可是你們知道嗎？超市都沒有衛生紙了！太扯了！

4. A: ¿Tenemos verdura todavía?

我們還有青菜嗎？

B: Sí, todavía <u>queda mucha verdura</u>.

有啊，剩很多青菜。

（二）約在

實戰演練：請用quedar＋地點／時間來完成句子。

1. A: <u>¿Dónde vamos a quedar?</u> /<u>¿Dónde quedamos?</u>

我們要約在哪裡？

B: En la puerta de la estación de tren. ¿Te parece bien?

約在火車站門口，你覺得可以嗎？

A: Bien. <u>¿A qué hora quedamos?</u>

我們要約幾點？

B: La película empieza a las 7, <u>¿quedamos</u> media hora antes?

電影7點開始，我們提早半小時嗎？

A: Vale, no llegues tarde.

好，不要遲到。

2. A: ¿Vamos a cenar mañana?

我們明天一起去吃飯嗎？

B: Perdón, mañana no voy a poder, ya he quedado con mi primo, <u>¿quedamos</u> pasado mañana?

抱歉，明天我不行，已經跟我表兄弟約了，我們約後天好嗎？

（三）時光飛逝

實戰演練：請用el tiempo pasa volando完成對話。

1. A: ¿Cuánto tiempo llevas viviendo en Taiwán?
   你在台灣住多久了？

   B: Ya son 11 años. ¡Guau! El tiempo pasa volando.
   11年了，哇，真是時光飛逝！

2. A: ¿Qué hora es?
   幾點了？

   B: Las 11:30.
   11點半了！

   A: ¿Cómo? ¡Tan tarde ya! El tiempo pasa volando.
   什麼？這麼晚了！時光真是飛逝啊！

3. A: ¿Qué plan tienes para mañana?
   你明天有什麼計畫？

   B: Voy a salir con mi novia.
   跟女朋友出去。

   A: Casi estás todo el tiempo con ella.
   你幾乎天天都跟她在一起啊！

   B: Es que cuando estoy con ella, el tiempo pasa volando.
   因為我跟她在一起的時候，時間都過得很快啊！

4. A: Ya solo queda 1 día de vacaciones.
   假期只剩1天了！

   B: ¡Qué rápido! El tiempo pasa volando.
   真快，時間跟飛得一樣！

（四）甚至

實戰演練：請用hasta...完成句子。

1. Durante el viaje, conocí a una persona muy simpática, me ayudó muchísimo, hasta me llevó a buscar la estación de metro.
   旅行當中，我認識了一個很親切的人，他幫了我很多，甚至還帶我去找捷運站。

2. Cuando él canta, <u>hasta los perros se van</u>, es que canta horrible.

他唱歌的時候，甚至連狗狗都走掉，因為唱得太糟糕了。

3. Él es muy chismoso, contó el secreto de su jefe a todo el mundo, <u>hasta lo contó</u> a los limpiadores.

他實在很八卦，把他老闆的秘密都告訴每個人了，甚至還告訴清潔人員。

4. Fui a todas las ciudades de España, hasta <u>a las Islas Canarias</u>.

西班牙的什麼城市我都去了，甚至連<u>加納利群島</u>都去了。（可以填一個冷門很少人聽過的城市，或遙遠的小島）

（五）最重要的是

實戰演練：請填空完成lo más importante的句子。

1. Para buscar un hotel cuando viajo, lo más importante es <u>estar cerca de la estación de tren</u>.

旅行的時候找旅館，最重要的是離火車站近。

2. A: ¿Para ti qué es lo más importante cuando eliges trabajo?

對你來說，選擇工作的時候，最重要的是什麼？

B: Lo más importante es <u>poder hacer lo que me gusta cuando elijo trabajo</u>.

對我來說，選擇工作的時候，最重要的是可以做我喜歡的事情。

3. A: Al viajar a otro país, ¿qué es lo más importante que debes llevar?

去其他國家旅行的時候，你應該帶的東西，什麼是最重要的？

B: <u>Al viajar a otro país, lo más importante que debo llevar es tarjeta de crédito y un corazón abierto</u>.

去其他國家旅行的時候，我應該帶的東西，最重要的是信用卡和一顆開放的心。

4. A: ¿Qué es lo más importante que buscas en una pareja?

找另一伴，最重要的是什麼？

B: <u>Lo más importante que busco en una pareja es el respeto de mi espacio</u>.

找另一伴，最重要的是懂得尊重我的空間。

（六）未完成過去式

實戰演練1：請回答以下問題。

1. ¿Cuál era tu juguete favorito cuando eras pequeño/a? ¿Y ahora?

   你小時候最喜歡的玩具是什麼？現在呢？

   Cuando era pequeño/a, mi juguete favorito era <u>Lego</u>. Ahora mi juguete favorito es <u>videojuegos</u>.

   我小時候最喜歡的玩具是樂高。現在我最喜歡的玩具是電動玩具。

2. ¿Qué te gustaba hacer después de las clases cuando eras estudiante? ¿Y ahora?

   你還是學生的時候，下課後喜歡做什麼？現在呢？

   Cuando era estudiante, me gustaba <u>jugar baloncesto</u> después de las clases. Ahora me gusta <u>ver películas en casa</u>.

   我還是學生的時候，下課後喜歡打籃球。現在我喜歡在家看電影。

3. ¿Qué tipo de chico/chica te gustaba cuando eras estudiante? ¿Y ahora?

   你還是學生的時候喜歡怎麼樣的男生／女生？現在呢？

   <u>Me gustaban las chicas de pelo largo. Ahora me gustan las chicas de conversación interesante.</u>

   我以前喜歡長頭髮的女生，現在喜歡講話有趣的女生。

   <u>Me gustaban los chicos deportistas. Ahora me gustan los chicos que saben escuchar.</u>

   我以前喜歡運動型的男生，現在喜歡懂得傾聽的男生。

4. ¿Tenías novio/novia cuando estudiabas en la universidad? ¿Y ahora?

   你念大學的時候有交男／女朋友嗎？現在呢？

   <u>Tenía novio/novia cuando estudiaba en la universidad. Ahora estoy casado/casada.</u>

   我念大學的時候有交男／女朋友，現在我已婚。

5. Antes de empezar a estudiar español, ¿escuchabas música en español? ¿y ahora?

   你開始學西班牙語之前，聽西班牙語音樂嗎？現在呢？

   <u>Antes de empezar a estudiar español, no escuchaba música en español, porque no entendía nada. Ahora escucho mucha música en español.</u>

   我開始學西班牙語之前，不聽西班牙語音樂，因為都聽不懂。現在聽很多西班牙語音樂。

實戰演練2：請找出你10年前的一張照片，和現在的照片比較，寫出5個
不同的地方。10年前的照片用未完成過去式描述，現在的
照片用現在式描述。（以下為參考答案，畫線部分可自行
代換）

1. Antes tenía pelo largo, ahora tengo pelo corto.
    我之前是長頭髮，現在是短頭髮。

2. Antes era gordo/a, ahora soy delgado/a.
    我之前很胖，現在瘦了。

3. Antes vivía con mis padres, ahora vivo solo/a.
    我之前跟父母住，現在自己住。

4. Antes no hacía deporte, ahora hago deporte 3 veces a la semana.
    我之前不運動，現在一週運動3次。

5. Antes iba mucho a las discotecas, ahora ya no voy.
    我之前常去夜店，現在不去了。

Escribiendo una postal a los profesores y compañeros de clase de español de Taiwán

寫明信片給台灣的西班牙語課老師和同學

二、課文閱讀理解練習

1. ¿Qué actividad van a hacer en clase?

   他們要在課堂上做什麼活動？

   Van a escribir una postal en clase.

   他們要在課堂上寫一張明信片。

2. ¿Quién y cuándo escribió la postal del ejemplo?

   範例的明信片是誰寫的？什麼時候寫的？

   Angela Chen, una estudiante de Taiwán escribió la postal. La escribió el 5 de enero de 2022.

   Angela陳，一個台灣學生在2022年1月5日寫的。

3. ¿De dónde es la foto de la postal?

   明信片的照片是哪裡？

   La foto es de la zona de Albayzín, una montaña llena de casitas blancas.

   照片是阿爾拜辛區，一個充滿白色小房子的山城。

4. Según la postal, ¿cómo es la ciudad de Granada?

   根據明信片中寫的，格拉納達是個怎麼樣的城市？

   Granada es una ciudad pequeña pero llena de sorpresas. A una hora de la Sierra Nevada, a una hora de la playa.

   是個小城市，可是充滿驚喜，我們到內華達山脈去只要一個小時，到海邊也只要一個小時。

5. ¿Escribes postales cuando viajas normalmente? ¿A quién?

   你旅行的時候通常會寫明信片嗎？寫給誰？

   Sí, normalmente escribo postales para mi familia y amigos cuando viajo.

   會，我通常會寫明信片，寫給家人和老朋友。

6. ¿Cómo se empieza a escribir una postal en español?

如何用西班牙語寫明信片的開頭？

<u>Si es a amigos, se empieza con "Querido/Querida". Si es a gente con respeto, se empieza con "Estimado/Estimada".</u>

如果是朋友或是互相信任的熟人，可以用「Querido/Querida」（親愛的）開頭，如果是比較尊敬的人，可以寫「Estimado/Estimada」（敬愛的）。

7. ¿Cómo se termina una postal en español?

如何用西班牙語寫明信片的結尾？

<u>Lo más común es terminar con "Un saludo", "Un abrazo", o "Un beso". Para gente con respeto es más adecuado escribir "Atentamente" o "Sinceramente".</u>

最普遍的是「Un saludo」（打招呼、問候），「Un abrazo」（一個擁抱）、或「Un beso」（一個吻）。寫給尊敬的人，用「Atentamente」（用心地）或「Sinceramente」（真誠地）比較適合。

8. ¿Cómo se empieza y se termina una postal en tu país?

在你的國家寫明信片，開頭、結尾怎麼寫？

En mi país se empieza con _____ y se termina con _____.

在我的國家用_____開頭，_____結尾。

9. ¿Qué saludos conoces de otras culturas?

你知道其他文化的打招呼用字嗎？

En _____ se dice _____. En _____ se dice _____.

在_____説_____。在_____説_____。

10. ¿Qué le recomiendas escribir a Alejandra?

你建議Alejandra寫什麼？

<u>Le recomiendo escribir sobre la comida de España y los chicos guapos de Granada.</u>

我建議她寫西班牙的食物和格拉納達的帥哥！

四、語法與句型

（一）充滿……

實戰演練：請用estar lleno/a de或 lleno/a de完成對話。

1. A: Mi teléfono está lleno de fotos de mis mascotas. ¿Y el tuyo?
   我的手機放滿了我寵物的照片，你的呢？

   B: Mi teléfono está lleno de fotos de mis hijos.
   我的手機放滿了我孩子們的照片。

2. A: En España, muchas ciudades están llenas de bares y cafeterías, ¿y en tu ciudad?
   在西班牙，很多城市到處都充滿了酒吧和咖啡店，你的城市呢？

   B: En mi ciudad está llena de tiendas de conveniencia.
   我的城市到處都充滿了便利商店。

3. A: ¿A dónde vamos a comer?
   我們去哪裡吃飯？

   B: Conozco una calle que está llena de restaurantes, podemos ir allí.
   我知道充滿了餐廳的一條街，我們可以去那邊。

4. A: Es verano. ¿Vamos a la playa el fin de semana?
   夏天到了，我們週末去海邊吧？

   B: No, en verano la playa está llena de gente. Prefiero quedarme en casa.
   不要，夏天在海邊擠滿了人，我寧願留在家。

5. A: ¿Qué tienes en esa caja?
   你這個盒子裡面有什麼？

   B: Cuando viajo, escribo una postal para mí mismo. Está llena de postales de los lugares que he visitado.
   我去旅行的時候，都會寫明信片給自己，這個盒子放滿了我去過的地方的明信片。

（二）什麼都有

實戰演練：請用hay...來完成對話。

1. A: ¿Por qué te gusta ir a ese centro comercial?
   你為什麼喜歡去這間百貨公司？

B: Allí hay de todo. Hay tiendas de ropa, restaurantes, zapaterías, y cines, de todo.

那邊什麼都有，服飾店、餐廳、鞋店、電影院，什麼都有！

2. A: Esta ciudad es pequeña, pero hay de todo.

這個城市很小，可是什麼都有。

B: Es verdad, hay parques, centros comerciales, restaurantes, y bares, de todo.

真的，有公園、百貨公司、餐廳、酒吧，什麼都有。

3. A: ¿Hay clases de niños en tu escuela de español?

你的西班牙語學校有兒童課嗎？

B: Sí, hay clases de niños, de adultos, de adolescentes y de preparación de examen DELE, de todo.

有，有兒童課、成人課、青少年課、DELE考試準備課，什麼都有。

4. A: ¿Hay algo de comer en casa?

家裡有吃的嗎？

B: Sí, en la nevera hay carne, verdura, huevos, y pan, de todo.

有，冰箱裡有肉、菜、蛋、麵包，什麼都有。

（三）不能錯過

實戰演練：請用No se puede perder...來完成對話。

1. A: ¿Qué no se puede perder un extranjero de tu ciudad?

如果一個外國人到你的城市，絕對不能錯過什麼？

B: No se puede perder la playa de mi ciudad.

到我的城市，絕對不能錯過海邊。

2. A: ¿Qué comida de tu país no se puede perder un extranjero?

如果一個外國人到你的國家，絕對不能錯過什麼食物？

B: No se puede perder los fideos con carne de res.

到我的國家，絕對不能錯過牛肉麵。

3. A: ¿Qué restaurante de tu país no se puede perder un visitante?

一個去你國家的人，絕對不能錯過哪間餐廳？

B: No se puede perder el restaurante _____.

絕對不能錯過____餐廳。

4. A: ¿Qué película no se puede perder?

哪部電影絕對不能錯過？

B: No se puede perder la película "En busca de la felicidad".

絕對不能錯過《當幸福來敲門》。

（四）想念

實戰演練：請用echar de menos回答問題。

1. A: ¿Qué echas de menos de Taiwán cuando viajas a otro país?

你去國外旅行的時候想念台灣的什麼？

B: Cuando viajo a otro país, echo de menos las tiendas de conveniencia de Taiwán.

我去國外旅行的時候想念台灣的便利商店。

2. A: ¿A quién echas de menos cuando viajas solo/sola a otro país?

你一個人去國外旅行的時候想念誰？

B: Echo de menos a mi perro.

我想念我的狗。

3. A: ¿Qué echas de menos sobre tu infancia?

你現在想念小時候的什麼？

B: Echo de menos mi bicicleta.

我想念我的腳踏車。

4. A: ¿Qué echas de menos sobre tu adolescencia?

你現在想念青少年時期的什麼？

B: Echo de menos no tener que trabajar.

我想念不用工作（的日子）。

（五）繼續、跟隨

實戰演練：請用seguir＋現在分詞（現在進行式）。

1. A: ¿Sigues estudiando español?

你還繼續學西班牙語嗎？

B: Sí, sigo estudiando español.

對，我還繼續學西班牙語。

2. A: ¿Dónde trabajas?

   你在哪裡工作？

   B: Sigo trabajando en la misma empresa.

   我繼續在同一間公司工作。

3. A: En la universidad salías con Sabrina. ¿Verdad?

   你大學的時候跟Sabrina約會對吧？

   B: Sí, todavía sigo saliendo con ella, me quiero casar con ella.

   對，我還在繼續跟她約會，我想跟她結婚。

4. A: ¿Ya terminaste de leer el libro?

   你這本書看完了嗎？

   B: No, todavía no lo he terminado de leer, lo sigo leyendo / sigo leyéndolo esta noche.

   沒有，還沒看完，我今天晚上繼續看。

5. A: ¿Sigues viviendo en la misma ciudad?

   你還住在同一個城市嗎？

   B: No, me mudé el año pasado.

   沒有，我去年搬家了。

（六）祝福別人：現在虛擬式

實戰演練1：請將提示的動詞改為「虛擬式」完成對話。

1. A: Mañana voy de viaje a España.

   我明天要去西班牙旅行了。

   B: Que te diviertas.

   祝你玩得愉快。

2. A: Buenas noches. ¡Hasta mañana!

   晚安，明天見！

   B: Buenas noches. Que descanses.

   晚安，好好休息。

3. A: El sábado voy a conocer a los padres de mi novia.

   我星期六要去認識我女友的父母。

   B: Que tengas suerte.

   祝你好運。

4. A: Gracias por venir.
謝謝你們過來。

B: Que seáis felices.
祝你們幸福快樂。

5. A: Que te mejores pronto.
祝你早日康復。

B: Gracias.
謝謝。

實戰演練2：請看以下照片的情境，想像照片中的人是你的朋友，用Que ＋「虛擬式」給他一句祝福的話！

1. Que todo salga bien.
祝福一切順利。

2. Que encuentres un trabajo pronto.
祝你很快找到工作。

3. Que tengas éxito.
祝你成功。

4. Que haga buen tiempo.
希望天氣很好。

5. Que te acepte.
希望她接受你。

Yendo de compras a los grandes almacenes con la señora de su familia anfitriona

跟寄宿家庭的太太（媽媽）到百貨公司購物

二、課文閱讀理解練習

1. ¿En dónde están Ángela y Alejandra?

   Ángela和Alejandra在哪裡？

   Ángela y Alejandra están en El Corte Inglés.

   Ángela和Alejandra在英國宮百貨公司。

2. ¿Por qué Ángela quiso salir con Alejandra?

   為什麼Ángela想要和Alejandra出去？

   Ángela quiso hablar con Alejandra.

   Ángela想要和Alejandra聊聊。

3. ¿Por qué Ángela quiere hablar con Alejandra?

   為什麼Ángela想要和Alejandra聊聊？

   Porque Ángela parece un poco diferente, parece distraída.

   因為Alejandra看起來不太一樣，好像有點心神不寧的樣子。

4. ¿Cuánto tiempo queda del curso de español?

   西班牙語課還剩下多久時間？

   Solo queda una semana del curso de español.

   西班牙語課只剩下一個星期了。

5. ¿Por qué Alejandra está preocupada?

   為什麼Alejandra很擔心？

   Porque solo queda una semana de curso y Alejandra no sabe lo que va a pasar con el chico.

   因為課程只剩下一個學期，Alejandra不知道跟那個男生會怎麼樣。

6. ¿Por qué Ángela ha reconocido que Alejandra estaba enamorada?

   為什麼Ángela發現到Alejandra談戀愛了？

   Porque ella también es mujer y además tiene una hija. Reconoce una mujer enamorada fácilmente.

   因為她也是個女人，而且有一個女兒。女孩子談戀愛的話，她是很容易發現的。

7. ¿Tú crees que Alejandra va a hablar con este chico? ¿Por qué?

你覺得Alejandra會去找那個男生談嗎？為什麼？

Sí, creo que Alejandra va a hablar con este chico. Porque quiere saber lo que va a pasar.

會，我覺得Alejandra會去找那個男生談，因為她想要知道會怎麼樣。

8. A Alejandra le relaja comprar. ¿Qué te relaja a ti?

買東西會讓Alejandra很放鬆，什麼事情會讓你很放鬆？

A mí me relaja ir al gimnasio y dormir.

去健身房和睡覺會讓我很放鬆。

9. ¿Por qué quiere comprar ropa Ángela?

為什麼Ángela要買衣服？

Porque el sábado va a salir a cenar con José.

因為Ángela星期六要跟José去吃晚餐。

10. ¿Cómo te vistes para salir a cenar con tu pareja?

你跟另一半出去吃晚餐的時候，怎麼穿衣服（打扮）？

Cuando salgo a cenar con mi pareja, me pongo ropa bonita y perfume.

我跟另一半出去吃晚餐的時候，我會穿漂亮的衣服，還有噴香水。

（一）你的……怎麼樣？

實戰演練：請用 ¿Cómo ＋ te ＋ ir的動詞變化 ＋ 事件? 完成對話。

1. A: ¿Cómo te ha ido últimamente?

你最近怎麼樣？

B: Me ha ido muy bien últimamente.

我最近都很好。

2. A: ¿Cómo te fue en tu viaje?

你的旅行怎麼樣？

B: Me fue estupendamente.

旅行超棒！

3. A: ¿Cómo te fue en la reunión?

會議怎麼樣？

B: Me fue genial.

會議很順利！

4. A: ¿Cómo te está yendo con la preparación del examen?

   考試準備得怎麼樣？

   B: Me está yendo más o menos, tengo que estudiar más.

   準備得還好，我還得再多讀書。

5. A: Dentro de 5 días ya estaré en España, ¡qué nervios!

   我再5天就會在西班牙了，好緊張！

   B: No te preocupes, te va a ir bien.

   別擔心，你會很順利的。

（二）看起來好像、看起來、似乎

實戰演練：請用Parecer或Parece que完成對話。

1. A: ¿Estás bien? Pareces enferma.

   你還好嗎？看起來好像生病了。

   B: No, solo estoy cansada.

   沒事，我只是有點累。

2. A: ¿Qué opinas del novio de Ana?

   你覺得Ana的男朋友怎麼樣？

   B: Parece que es buen chico, ¿y tú qué opinas?

   看起來他是一個好男人，你覺得呢？

3. A: ¿Estás listo para el examen de mañana?

   你明天的考試準備好了嗎？

   B: Sí. Parece que será fácil.

   好了，看起來會很簡單。

4. A: Mucha gente está haciendo fila por allí, ¿qué hay?

   好多人在那邊排隊，有什麼啊？

   B: Parece que hay descuentos.

   好像有打折。

5. A: ¿Por qué no vamos a los grandes almacenes a ver las ofertas mañana?

   我們明天為什麼不去百貨公司看看打折（的東西）呢？

   B: Es que parece que va a haber tifón.

   因為明天好像會有颱風。

6. A: Juan parece un poco distraído últimamente.

Juan最近看起來心神不寧。

B: Es verdad, parece que tiene novia./está enamorado.

真的！看起來他好像交女朋友了！

（三）甚至連……都……

實戰演練：請用ni siquiera...完成句子。

1. A: ¿Tienes dinero? Me faltan 5NT.

你有錢嗎？我還差5元。

B: No tengo siquiera un centavo.

我連一分錢（un centavo）都沒有。

2. A: ¿Tienes tiempo?

你有空嗎？

B: No tengo tiempo siquiera para ir al baño. Hablamos más tarde.

我現在連上廁所的時間都沒有，我們晚點再談！

3. A: Vamos a comprar ropa en El Corte Inglés mañana, ¿te interesa?

我們明天要去英國宮百貨公司買衣服，你有興趣嗎？

B: Estoy muy ocupado/a. Ni siquiera tengo tiempo para dormir. La próxima vez.

我最近太忙，連睡覺的時間都沒有，下次吧！

4. A: ¿Cómo te está yendo con esta chica? ¿Ya han salido juntos?

你跟那個女生進展如何？一起出去了嗎？

B: Todavía no. No tengo siquiera su LINE.

還沒，我連她的Line都還沒有！

5. A: ¿Hay comida en la nevera?

冰箱有吃的嗎？

B: Ni siquiera hay fideos instantáneos.

沒有，連個泡麵都沒有。

（四）我覺得的是……／我感覺到的是……

實戰演練：請用lo que＋動詞完成對話。

1. A: ¿Quieres comer fideos?
   你要吃麵嗎？

   B: No.
   不要。

   A: ¿Y arroz frito?
   炒飯呢？

   B: Tampoco.
   也不要。

   A: ¿Qué es lo que quieres?
   你到底要什麼？

   B: Lo que quiero comer es una pasta.
   我要的是義大利麵。

2. A: ¿Te gusta tu trabajo nuevo?
   你喜歡你的新工作嗎？

   B: No mucho.
   不太喜歡。

   A: ¿Qué es lo que no te gusta de tu trabajo?
   你不喜歡你的「工作的事情／部分」是什麼？

   B: Lo que no me gusta es el horario.
   我不喜歡「工作的事情／部分」是工作時間。

3. A: ¿Sabes qué es una bola en béisbol?
   你知道什麼是棒球的「壞球」嗎？

   B: No sé.
   我不知道。

   A: ¿Sabes qué es una base por golpe en béisbol?
   你知道什是棒球的「觸身上壘」嗎？

   B: No sé.
   我不知道。

   A: ¿Pero no me has dicho que ves béisbol a menudo? ¿Qué sabes de béisbol?
   可是你不是跟我說過你常看棒球嗎？你知道棒球的什麼啊？

B: No entiendo mucho el béisbol, lo que me gusta es el ambiente.

我不太懂棒球，我只是很喜歡棒球比賽的氣氛。

4. A: ¿Quieres comer en casa?

你要在家吃飯嗎？

B: Prefiero comer en un restaurante.

我比較想去餐廳吃。

A: ¿No te gusta mi comida?

你不喜歡我做的飯嗎？

B: No es eso, lo que quiero es invitarte a comer.

不是這樣的，我想要的是請你吃飯。

（五）可能、或許

實戰演練：請用quizás＋陳述式／虛擬式動詞來完成對話。

1. A: ¿Vas a tomar el examen DELE este año?

你今年要去考DELE嗎？

B: Quizás voy a tomar el examen DELE este año.

我可能今年會去考DELE。

2. A: ¿Cuándo vas a comprar una casa?

你什麼時候會買房子？

B: Quizás vaya a comprar una casa el próximo año.

我可能明年會買房子。

3. A: ¿Tienes que trabajar este fin de semana?

你週末要工作嗎？

B: Quizás vaya a trabajar este fin de semana.

我可能週末要工作。

4. Novia: ¿Cuándo nos casamos?

女朋友：我們什麼時候結婚？

Novio: Quizás nos vayamos a casar en dos años.

男朋友：我們可能兩年後結婚。

5. Jefe: ¿A qué hora puedes darme el reporte?

老闆：你什麼時候可以給我報告？

Empleado: Quizás voy a darle el reporte esta tarde.

員工：我可能今天下午可以給您報告。

二、課文閱讀理解練習

1. ¿Qué está comprando Alejandra?

   Alejandra在買什麼？

   Alejandra está comprando ropa.

   Alejandra在買衣服。

2. ¿Alejandra se quiere probar los jerséis?

   Alejandra想試穿毛衣嗎？

   Sí, Alejandra se quiere probar el jersey rojo y el gris.

   Alejandra想試穿紅色和灰色的毛衣。

3. ¿Qué le ha dicho el dependiente a Alejandra cuando entró?

   Alejandra走進店裡的時候，店員跟她説什麼？

   El dependiente le ha dicho "Buenas tardes, ¿te puedo echar una mano?".

   店員跟她説：「午安，我可以幫妳（替妳服務）嗎？」

4. ¿Qué ropa se ha probado Alejandra en total?

   Alejandra總共試穿了什麼衣服？

   Alejandra se ha probado dos jerséis y dos vestidos.

   Alejandra總共試穿了兩件毛衣和兩件洋裝。

5. ¿Le ha gustado todo lo que se ha probado?

   她試穿過的衣服，她都喜歡嗎？

   Le ha gustado un jersey y un vestido.

   她喜歡一件毛衣和一件洋裝。

6. ¿Qué talla de jersey le ha quedado bien a Alejandra?

   Alejandra適合什麼尺寸的毛衣？

   Le ha quedado bien el jersey talla M.

   Alejandra適合M號的毛衣。

7. ¿Hay descuento en esta tienda?

   這間店有打折嗎？

Sí, en esta tienda hay descuento.

有，這間店有打折。

8. ¿Cómo ha pagado Alejandra?

Alejandra怎麼付款？

Alejandra ha pagado con tarjeta de crédito.

Alejandra刷卡付款。

9. Cuando compras algo en extranjero, ¿prefieres pagar en efectivo o con tarjeta de crédito? ¿Por qué?

你在國外購物的時候，比較喜歡付現還是刷卡，為什麼？

Cuando compro algo en el extranjero, prefiero pagar con tarjeta de crédito, porque es más conveniente.

我在國外購物的時候比較喜歡刷卡，因為比較方便。

10. ¿Por qué Alejandra no puede registrarse?

為什麼Alejandra不能登錄（會員）？

Alejandra no puede registrarse porque se ha olvidado su teléfono y no se acuerda de su número.

Alejandra不能登錄（會員）因為她把手機忘了，而且也不記得她的電話號碼。

四、語法與句型

（一）幫一個忙

實戰演練：請用echar una mano來完成對話。

1. A: ¿Me puedes echar una mano? Es pesado.

   你可以幫我嗎？很重！

   B: Ya vengo.

   馬上來。

2. A: ¿Cómo te fue en tu presentación ayer?

   你昨天的報告怎麼樣？

   B: Me fue bien. Un compañero me echó una mano.

   很好，一個同事幫了我忙。

3. A: Échame una mano, tráeme sus pantalones.

    幫我一下，把他的褲子拿來。

    B: Bueno.

    好。

（二）直接受詞、間接受詞同時出現

實戰演練：請用直接受詞和間接受詞來完成對話。

1. A: Este vestido rojo me gusta. ¿Hay otro color?

    我喜歡這個洋裝，有別的顏色嗎？

    B: Sí, ahora te lo traigo.

    有，馬上拿（它）來給你。

2. A: Este abrigo M me queda pequeño. ¿Me puedes traer un L?

    這個M號的外套我穿太小了，你可以帶一件L號的給我嗎？

    B: Vale, mi compañera te lo va a traer.

    好，我同事會拿（它）給你。

3. A: Disculpa, ¿me has dado el recibo?

    不好意思，你給我收據了嗎？

    B: Ah, no te lo he dado, perdón.

    沒有，我還沒給你，不好意思。

4. A: ¿Puedes llevar la bufanda a Emilia mañana? Se la ha olvidado.

    你明天可以把圍巾拿給Emilia嗎？她忘記（它）了。

    B: Vale, mañana se la llevo.

    好，我明天把（它）拿給Emilia。

（三）我可以試穿……嗎？

實戰演練：請用probarse完成對話。

1. A: ¿Me puedo probar estos pantalones?

    我可以試穿這條長褲嗎？

    B: Sí, claro. Pasa por aquí.

    當然可以，這邊請。

2. A: No sé si compro este abrigo.

    我不知道要不要買這件外套。

B: Pruébatelo primero.

先試穿吧！

3. A: Creo que estos zapatos te quedan bien. ¿Te los has probado?

我覺得這雙鞋很適合你，你試穿過（它）了嗎？

B: Todavía no, me los voy a probar.

還沒，我要來試穿（它）。

（四）穿起來（如何）

實戰演練：請用受詞＋quedar來完成對話。

1. A: ¿Cómo me queda esta camiseta?

這件T-shirt我穿起來如何？

B: Te queda súper bien.

你穿起來超棒！

2. A: ¿Me queda bien esta camisa blanca?

這件白襯衫我穿起來好看嗎？

B: Sí, te queda bonita.

你穿起來很漂亮。

3. A: ¡Guau! Esta falda me queda pequeña.

哇，這件裙子我穿起來有點小了。

B: Pues regálala a tu hermana.

那送給你妹妹好了。

4. A: He comprado estos zapatos, pero me quedan un poco pequeños, ¿te los quieres probar?

我買了這雙鞋，我穿起來有點小，你要試試看嗎？

B: Parece que me quedan muy grandes. ¿Los quieres regalar a Ana?

看起來我穿起來會太大，要不要送給Ana？

二、課文閱讀理解練習

1. ¿A dónde va a ir Alejandra? ¿Por qué?

   Alejandra要去哪裡？為什麼？

   Alejandra va a ir a una farmacia. Porque le duele la cabeza.

   Alejandra要去藥局，因為她頭痛

2. Tú que Alejandra, ¿qué harías? ¿Por qué?

   如果你是Alejandra，會怎麼做？為什麼？

   Iría a comprar pastillas en una farmacia también, porque es más rápido y simple.

   我也會去藥局買藥。因為比較快、也比較簡單。

3. ¿Dónde está la farmacia?

   藥局在哪裡？

   La farmacia está en el camino a su casa.

   藥局在回家的路上。

4. ¿Quién va a acompañar a Alejandra?

   誰要陪Alejandra？

   Nadie va a acompañar a Alejandra, ella va a ir sola.

   沒有人要陪Alejandra，她要自己去。

5. ¿Qué no puede hacer Alejandra? ¿Por qué no?

   Alejandra不能做什麼？為什麼不行？

   Alejandra no puede reír/reírse. Porque le duele la cabeza.

   Alejandra不能笑（笑不出來），因為她頭痛。

6. ¿Qué no puedes hacer cuando te duele la cabeza?

   你頭痛的時候，不能做什麼？

   Cuando me duele la cabeza, no puedo leer.

   我頭痛的時候，不能看書。

7. Si tienes dolor de cabeza, ¿prefieres ir a la farmacia o al doctor? ¿Por qué?

   如果你頭痛，你比較喜歡去藥局還是去看醫生，為什麼？

   <u>Si tengo dolor de cabeza, prefiero ir a la farmacia. Porque ir al doctor tarda</u>
   <u>mucho tiempo.</u>

   如果我頭痛。我比較喜歡去藥局，因為看醫生很花時間。

8. ¿Qué haces cuando tienes dolor de estómago?

   你肚子痛的時候做什麼？

   <u>Cuando tengo dolor de estómago, tomo agua caliente y voy al dormir.</u>

   我肚子痛的時候喝熱水、睡覺。

9. ¿Cuándo y cuántas veces al día Alejandra tiene que tomar la medicina?

   Alejandra什麼時候得吃藥？一天幾次？

   <u>Alejandra tiene que tomar la medicina 2 veces al día, después de la</u>
   <u>comida.</u>

   Alejandra得一天吃兩次藥，飯後。

10. ¿Qué otra cosa ha comprado Alejandra?

    Alejandra還買了盒什麼東西？

    <u>Alejandra ha comprado crema anti-insectos.</u>

    Alejandra還買了防蚊藥膏。

四、語法與句型

（一）身體某部位疼痛

實戰演練：請用doler或tener dolor de來完成對話。

1. A: ¿Qué buscas?

   你找什麼？

   B: Hola, he comido mucho y ahora <u>me duele el estómago</u>.

   你好，我吃太多了，現在肚子很痛。

   A: Esta medicina es buena para el estómago.

   這個藥對於肚子痛很有效。

2. A: ¿Estás bien?

   你還好嗎？

B: Esta mañana he llevado muchas cosas en la mochila, <u>me duele</u> la espalda.

今天早上背包背太多東西，背很痛。

3. A: ¿Por qué estás llorando? ¿Estás triste?

你為什麼在哭？你很難過嗎？

B: No estoy triste, <u>me duelen los ojos</u> por ver la computadora todo el día.

我沒有難過啦！我看電腦看了一整天，眼睛痛。

4. A: ¿Vamos a jugar baloncesto mañana?

明天我們去打籃球嗎？

B: No puedo. He corrido una maratón completa este domingo y <u>me duelen las piernas ahora</u>.

我不行，我星期天跑了全馬，現在腿很痛。

（二）跟……的一樣

實戰演練：請用el mismo que / la misma que完成對話。

1. A: Fui al hotel "El amanecer" de vacaciones.

我去了El Amanecer飯店渡假。

B: <u>¿En serio? Es el mismo al que yo fui el año pasado</u>.

真的嗎？跟我去年去的一樣耶！

2. A: He conocido a un chico muy guapo. Mira esta foto.

我認識了一個帥哥，你看照片！

B: <u>Es el mismo que conocí ayer</u>. ¡Qué sorpresa!

跟我昨天在夜店認識的是同一個人耶，真是驚喜！

3. A: Me gusta la película de un perro que regresa a su casa.

我喜歡這部講一隻狗狗回家的電影。

B: ¿En serio? <u>Es la misma que vi ayer</u>.

真的嗎？這跟我昨天看的是同一部耶！

4. A: Voy a correr la maratón de la ciudad el próximo mes.

我下個月要去跑城市馬拉松！

B: ¿En serio? <u>Es la misma que yo voy a correr</u>.

真的嗎？我也是要去同一個馬拉松耶！

（三）如果我是你，我就……

實戰演練：請用條件式完成對話。

1. A: No sé si empezar a trabajar o estudiar una maestría.
   我不知道要先工作還是先讀研究所。

   B: Yo que tú, trabajaría primero.
   如果我是你，我就先工作。

2. A: Mi familia quiere ir de vacaciones a la playa durante este fin de semana largo.
   我家人想在這個長週末去海邊渡假。

   B: Yo que vosotros, no iría ahora, hay mucha gente y todo está muy caro.
   如果我是你們，我不會現在去，人超多，又什麼都很貴。

3. A: Me gustan dos chicas diferentes. Tú que yo, ¿qué harías?
   我喜歡上兩個女生了，你是我的話會怎麼做？

   B: Yo que tú, escogería con quien tenga más cosas en común.
   如果我是你的話，會選跟我共同點比較多的那個。

4. A: Dos chicos me han pedido que sea su novia. Tú que yo, ¿qué harías en mi lugar?
   同時有兩個男生要我做他女朋友，你是我的話你會怎麼做？

   B: Yo en tu lugar, tampoco sabría qué hacer.
   如果我是你的話，我也不知道要怎麼做。

（四）你要我們……嗎？

實戰演練：請用虛擬式完成以下對話。

1. A: ¿A qué hora tenemos que llegar mañana?
   我們明天要幾點到？

   B: Necesito que lleguéis antes de las 10 de la mañana.
   我需要你們早上十點以前到。

2. A: Tengo mucha hambre. ¿Qué hay para comer?
   我很餓，有什麼可以吃的？

   B: No hay nada en la nevera. ¿Quieres que compre algo?
   冰箱什麼都沒有，你要我去買點什麼嗎？

A: Mejor llamemos Uber eats. Es más fácil.

我們叫Uber eats比較好，比較簡單。

3. A: He oído decir que Juan está enfadado contigo.

我聽說Juan在生你的氣。

B: Sí, ya le mandé un mensaje largo para explicar lo que pasó. Espero que me <u>entienda</u>.

我已經傳簡訊跟他解釋發生的事了，希望他理解我。

4. A: He oído decir que tu hijo va a estudiar en Europa, ¿es verdad?

我聽說你兒子要去歐洲讀書，真的嗎？

B: Sí, espero que <u>encuentre una novia europea</u>.

對啊，我希望他交個歐洲女朋友。

5. A: Estoy buscando el hotel para nuestro viaje a 高雄, mira estos dos, ¿cuál es mejor?

我正在找去高雄旅行要住的飯店，你看這兩個，哪個比較好？

B: Prefiero que <u>nos quedemos</u> en este, está más cerca de la estación de tren.

我比較希望我們住這個，離火車站比較近。

二、課文閱讀理解練習

1. ¿Qué aconseja el profesor a los estudiantes?
   老師建議學生們做什麼？

   <u>Aconseja que aprovechen el tiempo que queda.</u>
   他建議學生們好好利用剩下的時間。

2. ¿Qué tiene que hacer Alejandra?
   Alejandra必須做什麼？

   <u>Alejandra tiene que hablar con el chico.</u>
   Alejandra必須跟這個男生談談。

3. Tú en lugar de Alejandra, ¿qué harías?
   如果你是Alejandra，你會做什麼？

   <u>Yo en su lugar, hablaría con el chico.</u>
   如果我是Alejandra，會去找這個男生談談。

4. ¿Por qué Alejandra no se atreve a hablar con el chico primero?
   為什麼Alejandra不敢先找這個男生談？

   <u>Porque tiene vergüenza, y espera que él le hable primero.</u>
   因為她不好意思，而且她希望男生先找他談。

5. ¿Qué dice el mensaje que ha recibido Daniel?
   Daniel收到的簡訊，怎麼說？

   <u>El mensaje dice que al chico le gusta una chica de la escuela.</u>
   簡訊說這個男生喜歡學校的一個女生。

6. ¿Crees que Alejandra tiene una oportunidad?
   你覺得Alejandra有機會嗎？

   <u>Sí, creo que Alejandra tiene una oportunidad.</u>
   對，我覺得Alejandra有機會。

7. ¿Por qué crees que el chico no ha hablado con Alejandra?
   你認為為什麼這個男生沒有先找Alejandra談？

Creo que el chico ya tiene novia o le gusta otra chica.

我認為這個男生已經有女朋友了，或是喜歡另外一個女生了。

8. ¿De quién crees que Alejandra está enamorada?

你認為Alejandra是愛上誰了？

Creo que Alejandra está enamorada de un compañero de la clase de español.

我認為Alejandra愛上西班牙語課的一個同學。

9. ¿Crees que Alejandra va a hablar con el chico mañana?

你認為Alejandra明天會去找這個男生談嗎？

Sí, creo que Alejandra va a hablar con el chico mañana.

對，我認為Alejandra明天會去找這個男生談。

10. ¿Qué opinas de tener una relación con un extranjero / una extranjera?

你對於跟外國人談感情有什麼看法？

Me parece que puede ser una experiencia especial.

我覺得會是一個很特別的經驗。

四、語法與句型

（一）好好利用

實戰演練：請用Aprovechar＋時間＋para＋做什麼完成對話。

1. A: ¿Por qué no vas a participar en la fiesta?

你為什麼不去參加派對？

B: Porque la fiesta no es importante, quiero aprovechar ese tiempo para dormir.

因為那個派對不重要，我想利用這個時間來睡覺。

2. A: Mañana no tenemos que trabajar, ¿vamos a hacer algo?

我們明天不用工作，要一起做點什麼嗎？

B: Vamos a aprovechar ese tiempo para ir al cine.

我們利用這一天的時間去電影院吧！

3. A: Solo me quedan 5 días antes de regresar a mi país, ¿qué me recomiendas hacer?

我只剩5天就要回國了，你建議我做什麼？

B: Aprovecha estos cinco días para viajar a otras ciudades.

好好利用這5天去其他城市旅行。

4. A: Han cancelado la reunión, ya no tengo que hacer la presentación hoy.

會議取消了，我今天不用準備簡報了！

B: Entonces, aprovecha ese tiempo para preparar mejor la presentación.

那麼，好好利用這個時間來把簡報準備得更好！

（二）未來式

實戰演練：請用未來式完成對話。

1. A: Ya lleváis 6 años juntos, ¿cuándo os casaréis?

你們已經在一起6年了，什麼時候要結婚啊？

B: Creo que nos casaremos dentro de 2 años.

我認為我們兩年後會結婚。

2. A: ¡Qué guapo es ese chico! ¿Tendrá novia?

這個男生好帥，會有女友了嗎？

B: No sé, quizás estará casado.

不知道啊！說不定已婚呢！

3. A: ¿Con quién estará hablando el jefe? Parece que está muy enfadado.

老闆會在跟誰講話啊？好像很生氣！

B: Creo que estará hablando con su esposa.

我認為在跟他老婆說話！

4. A: Llevas años diciendo que quieres estudiar en México, ¿cuándo irás?

你講說你要去墨西哥讀書已經講了好幾年了，何時才要去？

B: Iré el próximo año.

我明年會去！

5. A: He oído decir que renunciaste. ¿Qué plan tienes?

我聽說你辭職了，有什麼計畫呢？

B: Estudiaré español en Latinoamérica por 6 meses.

我打算到拉丁美洲去學西班牙語6個月。

（三）如果……的話，就……（對於未來的一種推測）

實戰演練：請用「Si＋現在式，未來式」完成對話。

1. A: ¿Qué harás si no tienes que trabajar por 2 meses?
   如果你兩個月不用工作，會做什麼？

   B: Si no tengo que trabajar por dos meses, viajaré a otros países.
   如果我兩個月不用工作，我會去其他國家旅行。

2. A: ¿Qué harás si no hay papel en el baño?
   如果廁所沒有衛生紙，你會怎麼樣？

   B: Si no hay papel en el baño, preguntaré a la gente que está cerca si tiene.
   如果廁所沒有衛生紙，我會問附近的人有沒有。

3. A: ¿Qué dirás a Messi si puedes hablar con él?
   如果你可以跟Messi說話，你會告訴他什麼？

   B: Si puedo hablar con Messi, le preguntaré "¿podemos tomar una foto juntos?"
   如果我可以跟Messi說話，我會問他「我們可以合照嗎？」

4. A: ¿Qué harás si no encuentras hotel cuando viajas a España?
   如果你去西班牙旅行的時候找不到飯店，怎麼辦？

   B: Si no encuentro un hotel cuando viajo a España, dormiré en la estación de tren.
   如果我在西班牙找不到飯店，我會睡在火車站。

5. 請試著自己創造一個「如果……就……」的問題
   ¿Qué harás si te toca la lotería?
   如果你中樂透的話，你會做什麼？

   Si me toca la lotería, dejaré mi trabajo y viajaré por el mundo.
   如果我中樂透的話，我會辭職，然後環遊世界。

（四）受詞加在「原型動詞」後面

實戰演練：請用帶有受詞的句子完成對話。

1. A: Recuerda comprar comida para las mascotas.
   記得買吃的給寵物。

   B: Cómprala tú, yo no tengo tiempo hoy.
   你去買（它），我今天沒時間。

2. A: ¿Cuándo puedes tomar las fotos de la casa para subirlas en la página web para alquilar?

   你什麼時候可以拍房子的照片上傳到租屋網站？

   B: Mañana en la noche puedo tomarlas.

   我明天晚上可以拍（它們）。

3. A: ¿Quién ha hecho la tarea de español?

   誰做了西班牙語作業？

   B: Todos ellos la han hecho, solo yo no la he hecho, mañana la haré.

   他們都做了，只有我沒做，我明天會做（它）。

4. A: ¿Quién tiene que limpiar el baño esta semana?

   這個星期誰要打掃浴室？

   B: Tú tienes que limpiarlo esta semana.

   這個星期你得打掃（它）。

（五）做一件事＋為了＋另外一件事

實戰演練：請用para＋原型動詞完成對話。

1. A: ¿Para qué estudias español?

   你為了什麼學西班牙語？

   B: Estudio español para trabajar en España.

   我為了在西班牙工作學西班牙語。

2. A: ¿Para qué trabajas?

   你為了什麼工作？

   B: Trabajo para ganar dinero.

   我為了賺錢而工作。

3. A: ¿Para qué necesitas dinero?

   你為了什麼需要錢？

   B: Necesito dinero para disfrutar la vida.

   我需要錢來享受人生。

4. A: ¿Para qué haces deporte?

   你為了什麼運動？

   B: Hago deporte para bajar de peso.

   我運動是為了減重。

¿Ya hay noticias de Alejandra?

有 Alejandra 的消息了嗎？

二、課文閱讀理解練習

1. ¿Quién acompañó a Alejandra a su cita?

   誰陪Alejandra去約會？

   Nadie acompañó a Alejandra a su cita.

   沒有人陪Alejandra去約會。

2. ¿Cómo han intentado Sabrina y Daniel contactar a Alejandra?

   Sabrina和Daniel嘗試了怎麼跟Alejandra聯絡？

   Sabrina y Daniel han intentado contactar a Alejandra por mensajes / por WhatsApp.

   Sabrina和Daniel嘗試了傳訊息／傳WhatsApp跟Alejandra聯絡。

3. ¿Por qué Alejandra no les dijo a sus amigos dónde era la cita?

   為什麼Alejandra沒有告訴她的朋友們約會在哪裡？

   Porque quería mantenerlo en secreto para tener privacidad.

   因為Alejandra為了隱私，想要保密。

4. Si quieres hablar con un amigo, ¿prefieres llamar por teléfono o enviar mensajes? ¿Por qué?

   如果你想跟一個朋友說話，比較喜歡打電話還是傳訊息？為什麼？

   Si quiero hablar con un amigo prefiero llamar por teléfono. Porque es más rápido.

   如果我想跟一個朋友說話，我比較喜歡打電話，因為這樣比較快。

5. ¿Dónde crees que fue la cita de Alejandra?

   你覺得Alejandra的約會在哪裡？

   Creo que la cita fue en una cafetería romántica.

   我覺得Alejandra的約會在一間浪漫的咖啡店。

6. ¿Por qué Sabrina no quiere ir a la casa de Alejandra?

   為什麼Sabrina不要去Alejandra的家？

   Porque no quiere molestar a la familia anfitriona de Alejandra.

   因為Sabrina不想打擾Alejandra的寄宿家庭。

7. ¿Por qué Daniel piensa que Alejandra quiere estar sola?

為什麼Daniel認為Alejandra想要一個人靜一靜？

Piensa que Alejandra quiere estar sola para pensar en lo que pasó.

他覺得Alejandra想要一個人靜一靜，好好想一想發生的事。

8. Cuando quieres pensar, ¿prefieres estar solo/a o con amigos? ¿Por qué?

當你想要思考的時候，比較喜歡一個人還是跟朋友在一起？為什麼？

Cuando quiero pensar, prefiero estar solo/a. Porque no quiero escuchar
otras opiniones.

當我想要思考的時候，比較喜歡一個人，因為我不想要聽別人的意見。

9. ¿Por qué Alejandra prefiere hablar con sus amigos en la mañana?

為什麼Alejandra比較想要早上再跟她的朋友們談？

Porque necesita un momento tranquilo.

因為她需要靜一下。

10. ¿Qué harías tú en el lugar de Sabrina y Daniel? ¿Por qué?

如果你是Sabrina和Daniel的話，會怎麼做？

Yo que ellos, esperaría hasta el siguiente día para darle un tiempo sola a
Alejandra.

如果我是他們的話，會等到隔天再說，讓她有時間獨處一下。

四、語法與句型

（一）在……的同時／的時候

實戰演練：請用al＋原型動詞完成對話。

1. Jefe: ¿Por qué has llegado tan tarde?

   老闆：你為什麼這麼晚才到？

   Empleado: Al recibir su mensaje, ya vine aquí inmediatamente. Es que
   había mucho tráfico.

   員工：收到您的訊息的時候，我就馬上過來了，是因為交通堵塞很嚴重。

2. Compañero de trabajo: ¿Qué hiciste cuando terminaste la universidad?

   同事：你大學讀完的時候做了什麼？

   Yo: Al terminar la universidad, busqué un trabajo.

   我：我大學讀完的時候，就找工作了。

3. Esposa: ¡Qué cansada estoy! No he parado todo el día.

老婆：我好累喔！一整天都沒有停下來。

Esposo: Al llegar a casa, báñate y acuéstate.

老公：一到家的時候，就去洗澡睡覺！

4. Amigo 1: No hemos reservado hotel en esta ciudad.

朋友1：我們還沒預約這個城市的飯店。

Amigo 2: Ahora en el tren no hay señal. Al llegar a la ciudad, vamos a buscar un hotel primero.

朋友2：現在火車上沒有訊號，下車的時候，我們先找飯店。

（二）他說／某人說……

實戰演練：請用Dijo que來練習轉述，請注意情境是說話的當下同時發生，或是說話之後才要發生喔！

1. Fernando: Vuelvo a intentar en un rato.

Fernando：我等一下再試試看。

¿Qué dijo Fernando?

Fernando說了什麼？

→Fernando dijo que volvería a intentar en un rato.

Fernando說他等一下再試試看。

2. Jefe: Mañana tenemos una videoconferencia con España.

老闆：明天我們跟西班牙有一個視訊會議。

¿Qué dijo el jefe?

老闆說了什麼？

→El jefe dijo que tendríamos una videoconferencia con España mañana.

老闆說我們明天跟西班牙有一個視訊會議。

3. Maestro: Tenéis que llegar a tiempo todos los días.

老師：你們每天都要準時來。

¿Qué dijo el maestro?

老師說了什麼？

→El maestro dijo que teníamos que llegar a tiempo todos los días.

老師說我們每天都要準時來。

4. Bárbara: Quiero ir al parque con mis hermanos.

   Bárbara：我想跟我兄弟姊妹去公園。

   ¿Qué dijo Bárbara?

   Bárbara說什麼？

   →Bárbara dijo que quería ir al parque con sus hermanos.

   Bárbara說她想跟兄弟姊妹去公園。

5. Secretaria: Os explico los detalles mañana en la reunión.

   祕書：我明天開會時跟你們解釋細節。

   ¿Qué dijo la secretaria?

   祕書說什麼？

   →La secretaria dijo que nos explicaría los detalles mañana en la reunión.

   秘書說她明天開會時跟我們解釋細節。

（三）保持在……的狀態

實戰演練：請用mantener en...完成對話。

1. A: ¿Por qué no le dices a tu madre que somos novios?

   你為什麼不跟你媽媽說我們是男女朋友？

   B: Prefiero mantenerlo en secreto por ahora.

   我比較想現在先保密。

2. Amiga 1: Te voy a decir algo importante, pero no lo puedes decir a nadie.

   朋友1：我要跟你說重要的事，可是你不可以跟別人說。

   Amiga 2: Vale, lo voy a mantener en secreto.

   朋友2：好，我會保密。

3. El jefe: No podemos contar ningún detalle del contrato a nadie.

   老闆：合約細節不可以告訴任何人。

   El empleado: Vale, lo vamos a mantener en privado.

   員工：好，我們會保持在私下（保密）。

4. Doctor: Está muy gordo, tiene que bajar de peso.

   醫師：您很胖，必須要減肥。

   Paciente: ¡Qué presión! ¿Qué me recomienda?

   病人：壓力真大！您建議我做什麼？

   Doctor: Tienes que hacer deporte para mantenerte en forma.

   醫師：為了保持身材，您必須運動。

5. Amigo 1: ¡Qué sorpresa! ¿Qué haces por aquí?

   朋友1：真是驚喜，你在這裡做什麼？

   Amigo 2: ¡Cuánto tiempo! Dame tu LINE para <u>mantenernos en contacto</u>.

   朋友2：好久不見！給我你的Line，保持聯絡吧！

   Amigo 1: Sí, claro.

   朋友1：好，當然！

（四）繼續＋做某事

實戰演練：請用seguir＋現在分詞完成對話。

1. Amiga 1: Ya le he llamado varias veces, no me contesta.

   朋友1：我已經打給他好幾次了，都沒回我。

   Amiga 2: <u>Sigue llamando</u>, necesitamos su respuesta hoy.

   朋友2：繼續打，我們需要他今天回覆。

2. Amigo 1: ¿Vas a seguir <u>estudiando</u> español el próximo año?

   朋友1：你明年還會繼續學西班牙語嗎？

   Amigo 2: Sí, claro, ¿tú no?

   朋友2：當然，你不會嗎？

3. Compañera 1: ¿Te molesta que yo toque el piano?

   室友1：我彈鋼琴會打擾到你嗎？

   Compañera 2: No, no me molesta para nada. <u>Sigue tocando</u>.

   室友2：不會，完全不會，繼續彈！

4. Amigo 1: ¿Por qué <u>sigues diciendo</u> lo mismo? Ya lo has dicho mil veces.

   朋友1：你為什麼繼續說一樣的事情？你已經講過一千次了。

   Amigo 2: ¿Ah, sí? No me daba cuenta.

   朋友2：啊，真的嗎？我之前沒發現。

（五）再……一次

實戰演練：請用volver a＋原型動詞來完成對話。

1. Chica: Bueno, me tengo que ir.

   女孩：嗯，我得走了。

   Chico: ¿Cuándo te puedo <u>volver a ver</u>?

   男孩：我什麼時候可以再見到你？

2. Extranjero: Bueno, ¿qué opinas?

外國人：嗯，妳認為如何？

Taiwanés: De hecho, no te he entendido, <u>vuelve a explicarlo, por favor</u>.

台灣人：其實我沒弄懂你的意思，請你再解釋一次。

3. Taiwanés: ¿Cómo está la situación en tu país?

台灣人：你國家的狀況怎麼樣？

Extranjero: Fatal, estamos <u>volviendo a</u> cerrar las ciudades.

外國人：很糟，我們再度封城了。

4. Amiga 1: Yo sé que estás triste. Pero estás muy joven todavía, seguro que encontrarás alguien mejor.

朋友1：我知道你很難過，可是你還很年輕，一定還會遇到更好的人。

Amiga 2: En este mundo no existe ningún hombre bueno. Ya nunca más <u>volveré a salir con nadie</u>.

朋友2：這個世界上不存在好男人了，我不要再跟任何人約會了！

（六）讓人停留在……的狀態、讓人去做某件事

實戰演練：請用dejar＋原型動詞／形容詞來完成對話。

1. Hijo: Mamá, ¿me puedes leer este cuento?

兒子：媽媽，你可以唸這個故事給我聽嗎？

Mamá: <u>Déjame descansar un rato</u>, ya hemos jugado todo el día.

媽媽：讓我休息一下，我們已經玩了一整天了。

2. Maestra: ¿Cómo se dice 承諾 en español?

老師：承諾的西班牙語怎麼說？

Estudiante: <u>Déjame pensar</u>, ahora no me acuerdo.

學生：讓我想一下，我現在不記得。

3. Amigo 1: Mira esta camiseta, me gusta. <u>Déjame ver</u> un rato.

朋友1：你看這件T-shirt，我很喜歡。讓我看一下。

Amigo 2: Bueno, te espero aquí.

朋友2：好，我在這裡等你。

4. Esposo: ¿Cuál hotel prefieres? ¿El que está cerca del centro o el que está en el campo?

老公：你比較喜歡哪一個飯店？靠近市中心的還是郊區的？

Esposa: Me da igual. <u>Te dejo elegir</u>.

老婆：我沒差，我讓你選。

二、課文閱讀理解練習

1. ¿Quién llegó primero a la cita?

    誰先到（約會的地方）的？

    El chico llegó primero a la cita.

    男生先到（約會的地方）的。

2. ¿De qué habló Alejandra con el chico?

    Alejandra跟這個男生談了什麼？

    Hablaron sobre la escuela, la clase de español, sus planes después del curso y otras cosas.

    他們談了學校、西班牙語課、課程之後的計畫和一些其他的事情。

3. ¿Por qué la cara de Alejandra se puso roja?

    為什麼Alejandra的臉紅了？

    Porque el chico dijo que ya sabía lo que ella había dicho aquella noche en el bar.

    因為這個男生說他已經知道Alejandra那天晚上在酒吧說的事情了。

4. ¿Qué siente el chico por Alejandra?

    這個男生對Alejandra有什麼感覺？

    El chico también está enamorado de Alejandra.

    這個男生也喜歡上Alejandra了。

5. ¿Por qué el chico no había hablado antes con Alejandra?

    為什麼這個男生之前沒有找Alejandra談？

    Porque no quería darle presión a Alejandra.

    因為他不想給Alejandra壓力。

6. ¿Qué le propuso el chico a Alejandra?

    這個男生向Alejandra提議什麼？

    El chico le propuso viajar juntos después del curso para saber si la relación puede funcionar.

    他向Alejandra提議，西班牙語課結束之後一起旅行，看看這段關係能不能進行。

7. Tú que Alejandra, ¿aceptarías esa propuesta? ¿Por qué?

如果你是Alejandra的話，會接受這個提議嗎？為什麼？

Yo que Alejandra, aceptaría esa propuesta. Porque solo es para probar si funciona la relación, no hay nada que perder.

如果我是Alejandra的話，會接受這個提議，因為只是試試看這段關係能否走下去，不會有任何損失。

8. Normalmente, ¿llegas temprano a una cita? ¿Por qué?

你約會通常都會早到嗎？為什麼？

Normalmente llego temprano a una cita. Porque así puedo ver si la otra persona llega tarde o temprano.

通常我約會都會早到，這樣我才可以知道另一個人是晚到還是早到的。

9. ¿Qué hizo de especial el chico cuando acompañó a Alejandra a su casa?

這個男生陪Alejandra回家的時候，做了什麼特別的事情？

La acompañó hasta su casa y esperó hasta que ella llegó a su habitación para despedirse.

他陪她走到家，等她進房間，才跟她道別。

10. Para ti, ¿qué es lo más importante en una primera cita? ¿Por qué?

對你來說，第一次約會最特別的是什麼？為什麼？

Para mí, lo más importante en una primera cita es una buena conversación. Porque me gustan las personas interesantes.

對我來說，第一次約會最重要的是有品質的對話，因為我喜歡有趣的人。

四、語法與句型

（一）我想要 _____ 的是……

實戰演練：請用Lo que quiero...es...來完成對話。

1. Novia: ¿A dónde fuiste anoche? Te llamé varias veces.

女朋友：你昨天晚上去哪裡了？我打給你好幾次！

Novio: No fui a ningún lugar. No pienses mucho. ¿Por qué sospechas tanto?

男朋友：我哪裡都沒去，不要想太多！為什麼這麼懷疑我？

Novia: ¿Quién dijo que estoy sospechando? Lo que quiero es saber cómo te fue.

女朋友：誰說我在懷疑了？我想要的是知道你過得怎麼樣。

2. Jefe: ¿Cómo vas con el proyecto?

   老闆：你的專案進行得如何？

   Empleado: Estoy buscando información estos días. Yo calculo terminar en 2 días más.

   員工：我這幾天都在找資料，預計再2天左右完成。

   Jefe: ¿2 días todavía? Lo que <u>quiero es tener el reporte esta tarde</u>.

   老闆：還要2天嗎？我要的是今天下午給我報告。

3. Recepcionista: Lo siento, tu reservación ha sido cancelada.

   飯店櫃檯接待：不好意思，你的預定被取消了。

   Turista: ¿Pero, por qué? ¿Cómo es posible?

   觀光客：可是為什麼？怎麼可能？

   Recepcionista: Lo siento, pero ya está todo lleno esta noche. No te puedo ayudar en nada.

   飯店櫃檯接待：對不起，可是今晚都滿了，我沒辦法幫你。

   Turista: Pero lo que <u>necesito saber es por qué cancelaron mi reservación</u>.

   觀光客：可是我需要知道的是為什麼取消了我的預定。

4. Cliente: ¿Qué contiene este plato?

   客人：這道菜有什麼？

   Camarero: Zanahoria, pimiento y repollo. ¿Quieres que te traiga un menú en inglés?

   服務生：紅蘿蔔、青椒、高麗菜。你要我拿英語菜單給你看嗎？

   Cliente: No, no es necesario. Lo que quería saber es <u>si tiene carne</u>.

   客人：不用，不需要，我要知道的是這道菜裡面有沒有肉。

（二）過去完成式

實戰演練：請用過去完成式回答問題。

1. A: Fuiste al cine, ¿no? ¿Qué tal la película?

   你不是去看電影了嗎？電影怎麼樣？

   B: <u>Muy buena película, pero cuando llegué, ya había comenzado.</u>

   超棒的電影，可是我到的時候，電影已經開始了。

2. A: ¿Pudiste comprar el nuevo iPhone?

   你買到新的iPhone了嗎？

B: No pude, ya habían vendido todo.

沒買到，（在那之前）已經都賣完了。

3. A: ¿Llamaste a tu hermana al final?

你最後打給你姐妹了嗎？

B: Sí, la llamé. Pero ella ya se había acostado.

對，我有打，但是她已經睡了。

4. A: ¿No fuiste a la reunión con tus compañeros?

你沒去跟同事聚會嗎？

B: No, cuando me acordé, ya había terminado.

我沒去，因為我想起來的時候，（聚會）已經結束了！

（三）我本來正要……

實戰演練：請用iba a＋原型動詞完成下面對話。

1. A: ¿Por qué no compraste la cena?

你為什麼沒有買晚餐？

B: Iba a comprar al regresar, pero se me olvidó.

我本來回家的時候要買，但是忘記了！

2. A: ¿Por qué no has limpiado todavía?

你為什麼還沒打掃？

B: Iba a limpiar ayer, pero estaba muy estresado/a por el trabajo, perdón.

我本來昨天要打掃的，可是我工作壓力太大了，不好意思。

3. A: ¿Por qué no has hecho la tarea?

你為什麼還沒做功課？

B: Iba a hacerla anoche, pero tenía mucho sueño, así que me acosté temprano, lo siento.

我本來昨天晚上要做的，可是我太想睡了，所以我早早就上床去了，對不起！

4. A: ¿No ibas a estudiar en el extranjero este año? ¿Ya no vas a ir?

你今年不是本來要出國的嗎？不去了嗎？

B: Iba a ir esta primavera, pero por el Covid 19, sería mejor esperar un año más.

本來今年春天要去的，但是由於Covid 19的關係，我還是再等一年比較好。

（四）簡單過去式、未完成過去式混用

實戰演練：請用簡單過去式、未完成過去式完成對話（需練習判斷每個
　　　　　對話情境該用哪種過去式，或者有時需要兩種混用）

1. A: ¿Conociste a amigos nuevos cuando vivías en España?
   你住在西班牙的時候有認識新朋友嗎？

   B: Sí, conocí a muchas personas cuando vivía en España.
   有，我住在西班牙的時候，認識了很多人。

2. A: ¿Qué le dijiste? ¿Le invitaste a salir?
   你跟他說了什麼？你邀請他出去了嗎？

   B: Le pregunté si quería ir un concierto de música latina conmigo.
   我問他要不要一起去一個拉丁美洲音樂的演唱會。

   A: ¿Y? ¿Te aceptó?
   然後呢？他接受了嗎？

3. A: Bueno, ¿te explicó lo que pasó?
   嗯，他跟你解釋發生什麼事了嗎？

   B: Me dijo que estaba en una reunión con su jefe.
   他說他跟老闆在一個會議中。

4. A: ¿Cuándo conociste a tu primer amor?
   你什麼時候認識你的初戀的？

   B: Conocí a mi primer amor cuando estaba en la universidad.
   我讀大學的時候認識我的初戀的。

二、課文閱讀理解練習

1. ¿Qué le ha dicho Alejandra a su familia?

   Alejandra跟她的家人說了什麼？

   Le ha dicho que se quedará en España por un mes más.

   Alejandra跟她的家人說要在西班牙多待一個月。

2. Antes de ir a España, ¿qué le había dicho la familia a Alejandra?

   去西班牙之前，Alejandra的家人跟她說了什麼？

   Le había dicho que podía quedarse un poco más.

   家人跟她說可以待久一點。

3. ¿Por qué Alejandra no ha dicho a sus padres con quién va a viajar?

   為什麼Alejandra沒有跟她的父母說她要跟誰去旅行呢？

   Porque quiere estar segura si la relación funciona.

   因為她想要先確定這段關係能不能走下去。

4. ¿Qué plan tienen Alejandra y sus amigos para esta tarde? ¿Por qué?

   Alejandra和她的朋友今天下午有什麼計畫？為什麼？

   Van a celebrar en un bar. Porque hoy es el último día del curso de español.

   他們要去酒吧慶祝，因為今天是西班牙語課的最後一天。

5. ¿Cómo has celebrado el final de un curso de universidad o maestría?

   你以前課程、大學、或研究所結束的時候，如何慶祝過？

   He saltado con ropa a la piscina con mis compañeros de universidad.

   我曾經跟大學同學穿著衣服跳進游泳池過。

6. Alejandra se puso sentimental en la reunión. ¿Cuándo te pones sentimental?

   Alejandra在聚會的時候感性了起來，你都在什麼時候會感性起來呢？

   Me pongo sentimental cuando veo una película de mascotas.

   我看到跟寵物有關的電影的時候會感性起來。

7. ¿Por qué han llegado tarde Emilio y Diego?

為什麼Emilio和Diego遲到了？

Porque Emilio había pedido un documento en la escuela, pero no se lo habían dado.

因為Emilio跟學校要一份文件，但是學校沒給他。

8. ¿Has llegado tarde a una fiesta alguna vez? ¿Por qué?

你曾經參加派對遲到過嗎？為什麼？

Sí, he llegado tarde a una fiesta. Porque había mucho tráfico.

我參加派對曾經遲到過，因為塞車！

9. ¿Qué te hace ponerte rojo?

什麼會讓你臉紅？

Cuando me río mucho, me pongo rojo.

我笑太多的時候臉會紅。

10. Normalmente, ¿qué dicen en tu país cuando hacen un brindis?

在你的國家，敬酒的時候通常要說什麼？

En mi país dicen: ¡Hasta el fondo!

在我的國家說：喝到見底！

四、語法與句型

（一）簡單過去式、過去完成式混用

實戰演練：請用「簡單過去式」、「過去完成式」完成對話。

1. Maestro: Cuando empezaste a estudiar español, ¿habías visitado España antes?

老師：你開始學西班牙語之前，有先去過西班牙嗎？

Estudiante: Cuando empecé a estudiar español, ya había visitado España antes.

學生：我開始學西班牙語的時候，之前已經去過西班牙了。

2. A: Cuando el jefe te llamó, ¿ya habías terminado el reporte?

老闆打給你的時候，你報告已經做完了嗎？

B: Sí, cuando el jefe me llamó, ya había terminado el reporte.

對，老闆打給我的時候，我報告已經做完了。

3. A: Ayer te vi con la chica nueva de la escuela, ¿la habías conocido antes?

   我昨天看到你跟學校的新生走在一起，你之前就認識她了嗎？

   B: No, no la había conocido antes. La conocí aquí en la escuela.

   沒有，我之前不認識她，我在這邊（這間學校）認識她的！

4. A: Cuando conociste a tu esposa, ¿cuántas novias habías tenido?

   你認識你老婆之前，交過幾個女朋友？

   B: Cuando conocí a mi esposa, había tenido dos novias.

   我認識我老婆之前，交過2個女朋友。

（二）por 和 para 的用法

實戰演練：請根據前後文判斷，用por或para填空。

1. Cliente: ¿Por qué es tan caro?

   客人：怎麼這麼貴？

   Dependiente: Por la calidad. Está hecho a mano. Además, con muy buen material.

   店員：品質的關係，是手工做的，而且材質都很好。

2. Amigo: ¿Por qué vas a ver el teatro en español? No vas a entender todo.

   朋友1：你為什麼要去看西班牙語的戲劇？你沒辦法全部都懂吧？

   Yo: No voy para entender, sino para disfrutar el ambiente.

   你：我去不是要看懂，而是要享受那個氣氛。

3. Amigo 1: ¿Sabes que las acciones están bajando mucho? ¿Has visto las noticias?

   朋友1：你知道股票跌很多嗎？有看到新聞嗎？

   Amigo 2: Sí, es increíble. Creo que es por el resultado de las elecciones de presidente.

   朋友2：有，超扯，我覺得是總統選舉結果的關係。

4. Amigo 1: ¿Por qué decidiste cambiar de trabajo?

   朋友1：你為什麼決定換工作？

   Amigo 2: Por el salario. Yo sé que aquí no voy a ganar mucho hasta dentro de muchos años.

   朋友2：薪水的關係，我知道留在這裡過幾年也不會賺很多錢。

5. Amigo 1: ¿Para qué tomas tantos cursos?

   朋友1：你為什麼要上這麼多課？

   Amigo 2: Para aprender cosas nuevas. Necesito hacer un cambio en mi vida.

   朋友2：要學習新事物啊！我需要有些人生上的改變。

（三）受詞的位置

實戰演練：請填入直接受詞或間接受詞。

1. Marido: Mi amor, acabo de darme cuenta de que me he olvidado llevar la billetera.

   老公：親愛的，我剛剛發現我忘了帶錢包。

   Mujer: Bueno, te la voy a llevar a la cena.

   老婆：好，我把（它）帶去晚餐那邊給你。

   也可以說：

   Mujer: Bueno, voy a llevártela a la cena.

   老婆：好，我把（它）帶去晚餐那邊給你。

2. Mujer: Cariño, no he entrado con toalla, hazme el favor.

   老婆：親愛的，我忘了把毛巾帶進來，幫我一下。

   Marido: Bueno, te la llevo, un momento.

   老公：好，我幫你把（它）拿進去，等一下。

3. Estudiante: Me gustaría saber cuándo vamos a recibir el resultado.

   學生：我想知道什麼時候會拿到結果（成績）。

   DELE: Te lo vamos a enviar por correo electrónico dentro de 3 meses.

   DELE（考試中心）：我們三個月之內會用電子郵件寄（它）給你。

   也可以說：

   DELE: Vamos a enviártelo por correo electrónico dentro de 3 meses.

   DELE（考試中心）：我們三個月之內會用電子郵件寄（它）給你。

4. Familia anfitriona: ¿Quieres que te eche un poco de aceite de oliva?

   寄宿家庭：要不要我幫你加點橄欖油？

   Yo: Sí, échamelo, gracias.

   我：好，幫我加一點（它），謝謝。

（四）兩種「記得」的說法

實戰演練：請用recordar或acordarse來完成對話。

1. Maestra: ¿Te acuerdas de / Recuerdas qué fue la tarea?

   老師：記得功課是什麼嗎？

   Estudiantes: Sí, claro que recuerdo / me acuerdo. La tarea fue investigar las escuelas de idioma en España.

   學生：當然記得，功課是查西班牙語言學校的資料。

2. Amiga 1: Me gusta tu bolso. ¿Dónde lo compraste?

   朋友1：我很喜歡你的包包，你在哪裡買的？

   Amiga 2: Ya no recuerdo / no me acuerdo.

   朋友2：我已經不記得了。

3. Amigo 1: ¿Te acuerdas de / Recuerdas qué dijo José en el bar aquel día después de beber?

   朋友1：你記得José那天在酒吧喝很多之後説了什麼嗎？

   Amigo 2: Sí, me acuerdo / recuerdo. Dijo que quería renunciar.

   朋友2：我記得！他説他想辭職。

4. Hermana: ¿Has visto mis gafas? No las encuentro.

   姊／妹：你有看到我的眼鏡嗎？我找不到（它們）。

   Hermano: Pues no sé. No las he visto. ¿Cuándo las usaste la última vez?

   兄／弟：我不知道耶，我沒看到。你上次用它是什麼時候？

   Hermana: Si me acuerdo / recuerdo, no te preguntaré.

   姊／妹：如果我記得，就不會問你了！

Un correo de Alejandra

Alejandra 的一封 email

二、課文閱讀理解練習

1. ¿Quién es el novio de Alejandra?

   Alejandra的男朋友是誰？

   El novio de Alejandra es Diego, el profesor de la escuela de idiomas.

   Alejandra的男朋友是Diego，語言學校的老師。

2. ¿Por qué la familia anfitriona se alegró por Alejandra?

   為什麼 Alejandra的寄宿家庭很為她高興？

   Porque Alejandra va a viajar con su amor.

   因為Alejandra要跟她的愛去旅行了。

3. ¿Qué ciudades visitaron en el viaje?

   他們去了哪些城市旅行？

   Visitaron Valencia, Madrid, Toledo, Ávila y Segovia.

   他們去了瓦倫西亞、馬德里、托雷多、阿維拉和塞哥維亞。

4. ¿Por qué han discutido en el viaje?

   為什麼他們旅行的時候有爭吵？

   Han discutido por un poco de choque cultural.

   因為有一點文化衝突的關係，他們有些爭吵。

5. ¿Puedes describir una costumbre que es diferente en Taiwán y España?

   你可以描述一個台灣和西班牙不同的習慣嗎？

   La hora de comer en Taiwán y España es muy diferente. En Taiwán se cena sobre las 6:00 o 7:00, pero en España se cena sobre las 9:00 o 10:00.

   台灣和西班牙的用餐時間很不一樣，在台灣差不多6-7點吃晚餐，可是在西班牙差不多9-10點吃晚餐。

6. ¿Considerarías tener una pareja de otro país? ¿Por qué?

   你會考慮跟外國伴侶在一起嗎？為什麼？

   Sí, porque si me enamoro de alguien, la nacionalidad no es importante.

   會，因為如果我喜歡上一個人，國籍不重要。

7. En tu opinión, ¿en qué podría trabajar Diego en Taiwán?

對你來說，如果Diego來台灣的話，可以做什麼工作？

En mi opinión, tendría que aprender chino primero para poder buscar un buen trabajo en Taiwán.

對我來說，Diego要在台灣找到好工作，必須先學中文。

8. Cuando discutes con tu pareja, ¿por qué discutís?

你跟你的另一半吵架的時候，是為什麼？

Discutimos por la forma de manejar el dinero.

我們吵關於金錢管理的方法。

9. ¿Cuál crees que sería el choque cultural más fuerte para Diego en Taiwán?

你覺得台灣文化對Diego最衝擊的會是什麼？

Creo que el choque cultural más fuerte para Diego en Taiwán sería la forma de saludarse.

我覺得台灣文化對Diego最衝擊的會是打招呼的方式。

10. En tu opinión, ¿quién estará esperando a Alejandra en Taiwán?

你認為在台灣等Alejandra的會是誰？

En mi opinión, alguien que está enamorado de Alejandra estará esperándola en Taiwán.

我認為有一個喜歡Alejandra的人在台灣等著她。

四、語法與句型

（一）我超想要……（想到快死了）

實戰演練：請用Me muero por...完成對話。

1. Amigo 1: Tengo mucha sed.
   朋友1：我好渴。

   Amigo 2: Yo también, me muero por una Coca-Cola.
   朋友2：我也是，好想喝可樂。

2. Amiga 1: ¿Quieres ir al concierto de Marc Anthony conmigo?
   朋友1：你想跟我去這個音樂會嗎？

   Amiga 2: ¡¡¡Sí!!! Me muero por ver su concierto.
   朋友2：想！！！我超想看他唱現場演唱會的！

3. Estudiante 1: ¿Extrañas la comida de tu país?

   學生1：你想念你國家的食物嗎？

   Estudiante 2: Claro, me muero por un sancocho.

   學生2：當然，我超想吃sancocho（中南美的一種燉肉湯）的！

4. Amigo 1: Hemos tenido mucho trabajo este mes. Necesito un descanso.

   朋友1：我們這個月工作超多，我超需要休息。

   Amigo 2: Yo también, me muero por unas vacaciones.

   朋友2：我也是，超想放假的！

（二）更新、跟上進度

實戰演練：請填入poner al día完成對話，注意不同情境下可能需要不同
時態。

1. Estudiante: Maestro, la semana pasada no vine a clase.

   學生：老師，我上個星期沒來上課。

   Maestro: El examen es la próxima semana, tienes que ponerte al día
   rápido.

   老師：下週就要考試了，要趕快跟上。

2. Amigo 1: ¡Hola! ¡Cuánto tiempo!

   朋友1：嗨，好久不見！

   Amigo 2: ¡Sí! Tenemos que ponernos al día.

   朋友2：好，我們要趕快互相更新一下（近況）！

3. Amiga 1: ¿Sigues saliendo con Luis?

   朋友1：你還跟Luis約會嗎？

   Amiga 2: No, terminamos el mes pasado. Llevamos mucho tiempo sin
   vernos, tenemos que ponernos al día.

   朋友2：沒有，我們上個月分了，我們很久沒見面了，我們得來互相更新一
   下（近況）。

4. Amigo 1: ¿Has visto el episodio de esta semana?

   朋友1：你看了這個星期的這一集了嗎？

   Amigo 2: Todavía no. Tengo que ponerme al día.

   朋友2：還沒，我得趕快跟上。

（三）我學西班牙語的（那個）學校（關係代名詞 donde）

實戰演練：請用donde...完成對話。

1. Amigo 1: ¿Dónde te gustaría trabajar?
   朋友1：你想在哪裡工作？

   Amigo 2: Me gustaría trabajar en una empresa <u>donde haya buen salario</u>.
   朋友2：我想在薪水好的公司工作。

2. Amigo 1: ¿Por qué no te gusta ir a una ciudad grande?
   朋友1：你為什麼不喜歡去大城市？

   Amigo 2: No me gusta una ciudad <u>donde haya mucha gente</u>.
   朋友2：我不喜歡人很多的城市。

3. Amiga 1: El hotel donde estaba tiene sauna privado.
   朋友1：我住的那個飯店有三溫暖。

   Amiga 2: El hotel <u>donde estaba no tiene sauna,</u> pero <u>tiene muy buena vista</u>.
   朋友2：我住的那個飯店沒有三溫暖，可是有很棒的景觀。

4. Amigo 1: ¿Qué tipo de restaurante prefieres?
   朋友1：你喜歡哪種餐廳？

   Amigo 2: Prefiero un restaurante <u>donde haya comida vegetariana</u>.
   朋友2：我喜歡有素食的餐廳。

（四）他們很為我高興

實戰演練：請填入alegrarse por...完成對話，注意不同情境下可能需要不同時態。

1. Amigo 1: ¿Le has dicho a tu madre que vas a estudiar en el extranjero?
   朋友1：你有跟你媽媽說你要出國讀書的事嗎？

   Amigo 2: Sí, ella <u>se alegró por mí</u>.
   朋友2：有，她很替我高興。

2. Amiga 1: ¿Es cierto que tu hijo va a estudiar en el extranjero?
   朋友1：你兒子真的要出國讀書了嗎？

   Amiga 2: Sí, se va el próximo mes. Yo <u>me alegro por él</u>.
   朋友2：對，他下個星期要去了，我很替他高興。

3. Amigo 1: He terminado con María. Era muy posesiva y me daba mucha presión.

朋友1：我跟María分了，她佔有慾很強，讓我很有壓力。

Amigo 2: Te entiendo, me alegro por ti.

朋友2：我懂，（你們分了）我很替你高興。

4. Hijo: Mamá, mi esposa está embarazada, vamos a tener un hijo.

兒子：媽媽，我老婆懷孕了，我們要有兒子了。

Mamá: ¡Qué buena noticia! Me alegro por vosotros.

媽媽：真是好消息，我太替你們開心了！

（五）雖然

實戰演練：請參考括弧內的提示，用aunque來完成對話。

1. Amigo 1: ¿Te gusta tu trabajo?

朋友1：你喜歡你的工作嗎？

Amigo 2: No mucho. Aunque tengo buen salario, es muy aburrido.

朋友2：不太喜歡，雖然薪水很好，可是很無聊。

2. Amiga 1: He escuchado que tienes novio. ¿Cómo es?

朋友1：我聽說你交男朋友了，他怎麼樣？

Amiga 2: Aunque es muy romántico, es un poco vago.

朋友2：他雖然很浪漫，可是很懶惰耶！

3. Amigo 1: ¿Este coche nuevo que compraste solo te costó 10,000 euros? ¡Qué barato!

朋友1：你買的新車才1萬歐元嗎？真便宜！

Amigo 2: Aunque es muy barato, es demasiado pequeño.

朋友2：雖然很便宜，可是有點小！

4. Estudiante 1: ¿Cómo es tu ciudad? He oído decir que es muy tranquila, ¿es cierto?

學生1：你的城市如何？我聽說很安靜，是嗎？

Estudiante 2: Aunque es muy tranquila, hay mucho viento.

學生2：雖然很安靜，可是風很大。

（六）到……的時候，再……

實戰演練：請用cuando＋虛擬式來完成對話。

1. Padres: ¿Qué quieres ser cuando seas grande?
   父母：你長大以後想做什麼？

   Niña: Quiero ser una actriz de cine cuando sea (ser) grande.
   女孩：我長大以後想做電影演員。

2. Amigo 1: Pero, ¿cuándo vas a devolverme el dinero?
   朋友1：你到底什麼時候要還我錢？

   Amigo 2: Cuando me paguen (pagar) el salario de este mes, te lo devolveré.
   朋友2：等公司這個月付薪水，就可以還你了！

3. Compañero 1: ¿A qué hora te conviene hacer la videoconferencia?
   同事1：你幾點方便開視訊會議？

   Compañero 2: Voy a estar libre toda la tarde, cuando quieras.
   同事2：我整個下午有空，你要什麼時候都可以！

4. Amiga 1: ¿Cuándo te vas a casar? ¿No ibas a casarte el año pasado?
   朋友1：你什麼時候要結婚啊？不是去年就要結了嗎？

   Amiga 2: Mi novio dice que prefiere casarse cuando compre una casa. ¡Quién sabe cuándo!
   朋友2：我男朋友説他想要等到買房子再結婚，誰知道什麼時候！

memo

memo